KB072863

전능의 팔찌

THE OMNIPOTENT
BRACELET

김현석 현대 판타지 소설
FUSION FANTASTIC STORY

전능의 팔찌 41

김현석 현대 판타지 소설

초판 1쇄 찍은 날 § 2014년 10월 20일
초판 1쇄 펴낸 날 § 2014년 10월 27일

지은이 § 김현석
펴낸이 § 서경석

편집부장 § 권태완
편집책임 § 박은정

펴낸곳 § 도서출판 청어람
등록번호 § 제387-1999-000006호
등록일자 § 1999. 5. 31
어람번호 § 제1-1962호

주소 § 경기도 부천시 원미구 부일로 483번길 40 서경B/D 3F (우) 420-822
전화 § 032-656-4452 팩스 § 032-656-4453
http://www.chungeoram.com
E-mail § E-mail § chungeorambook@daum.net

ⓒ 김현석, 2011

ISBN 979-11-316-9250-9 04810
ISBN 978-89-251-2596-1 (세트)

※ 파본은 구입하신 서점에서 교환하여 드립니다.
※ 저자와 협의하여 인지를 붙이지 않습니다.
※ 이 책은 도서출판 청어람과 저작자의 계약에 의해 출판된 것이므로,
　무단 전재 및 유포·공유를 금합니다.

신능의 팔찌

THE OMNIPOTENT BRACELET

41

FUSION FANTASTIC STORY

김현석 현대 판타지 소설

청어람

CONTENTS

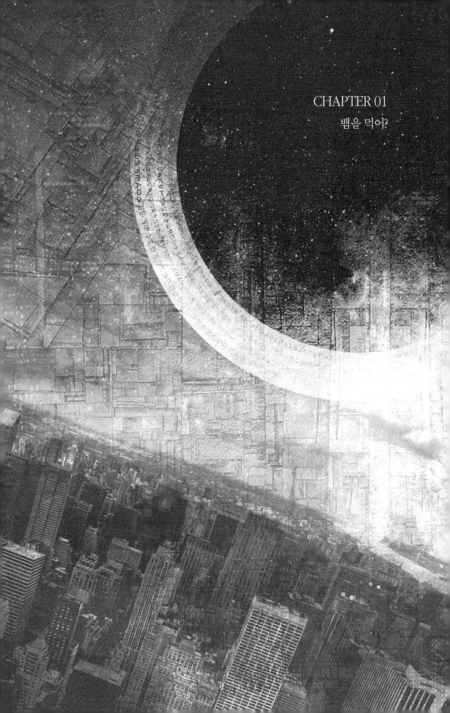

CHAPTER 01

뱀을 먹어?

"아! 안녕히 주무셨습니까, 주인님?"

2층에서 아래층으로 계단을 딛고 내려서는 현수를 본 엘린 가가바가 고개를 숙여 예를 갖춘다.

사람들은 아프리카 사람이 가난하고 무식하다고 생각한다. 그래서 예의범절 따위는 밥 말아 먹은 것으로 생각하기 쉽다. 물론 짐승에 가까울 정도로 무지한 사람도 있다.

학교가 없는 곳이 수두룩하기 때문이다. 하지만 안 그런 이도 상당히 많다.

한때 아프리카 대륙은 두 나라에 의해 거의 모두 점령당했다. 대부분이 영국령 아니면 프랑스령이었다.

우리가 잘 알고 있는 남아프리카 공화국은 영국령이었다.

이 밖에 영국령이던 나라는 가나, 시에라리온, 케냐, 우간다, 탄자니아, 짐바브웨, 잠비아, 이집트, 수단, 남수단, 나이지리아, 보츠와나, 말라위, 모리셔스, 세이셸, 스와질란드, 레소토, 카메룬, 감비아, 소말리아, 리비아가 있다.

프랑스의 식민지이던 나라는 알제리, 모로코, 튀니지, 말리, 모리타니, 니제르, 차드, 지부티, 코트디부아르, 베냉, 세네갈, 토고, 카메룬, 가봉, 부르키나파소, 기니, 마다가스카르, 중앙아프리카 공화국, 코모로이다.

이들 두 나라의 식민지 운영엔 각기 다른 특색이 있다.

영국은 식민지를 철저히 착취만 하고 발전시키지 않는 대신 완전한 독립이 가능하게 해줬다.

이에 반해 프랑스는 발전은 시켜주되 독립한 후에도 착취를 계속할 수 있도록 했다.

콩고민주공화국은 영국령도 프랑스령도 아니었다.

1880년대 초반부터 벨기에의 통치를 받았는데 이 나라의 식민지 운영 방법은 영국과 프랑스를 반반씩 섞은 것이다.

좋은 것만 섞여 있으면 좋겠지만 사실은 나쁜 것만 섞여 있었다. 식민지인 동안엔 발전이 더뎠고, 독립한 후에도 착취가 이루어졌다.

어쨌거나 벨기에의 귀족들은 콩고민주공화국에 와서 하인이 갖춰야 할 예절만큼은 확실히 가르쳤다. 자신들이 대우를 받아야 하기 때문이다.

엘린은 얼마 전부터 식민지 시절 귀족가의 시녀이던 사람으로부터 여러 가지를 배우고 있다. 주인님이 된 현수와 그의 아내, 그리고 부모님들을 최선을 다해 모시기 위함이다.

이는 남편인 피터스 가가바의 조언이 있었기 때문이다.

그렇기에 엘린이 지금 보여주는 예절은 오래전 귀족 계급이 있었을 때의 시녀의 그것과 다르지 않았다.

조금 전까지만 해도 아르센 대륙에 있던 현수에겐 더더욱 친근하게 보이는 모습이다. 하지만 뛰어난 두뇌를 가지고 있기에 헷갈려 하지는 않는다.

"아, 그래요. 아주 편했네요. 시원한 주스 한 잔 부탁해도 되죠?"

"어머! 그럼요. 물론이에요. 그런데 잠시 기다려 주셔야 해요. 그거 만들려면 시간이 조금 걸리거든요."

엘린은 현수 부부가 즐겨 마시는 쉐리엔 열매 주스를 이야기하고 있는 것이다.

흔히들 냉장고에 음식물은 넣어두면 아주 오랫동안 넣어두어도 안전한 것으로 착각하고 있다.

그런데 사실은 전혀 그러하지 않다.

일반 가정의 경우 보통 냉장실은 +5℃ 이하, 냉동실은 -18℃ 이하로 유지된다.

이때 쇠고기를 썬 것은 냉장 3~4일, 냉동 6개월이 적정 보관 기간이다. 양념한 고기의 경우는 이보다 짧다.

닭고기는 냉장 2일, 냉동 2개월이다.

생선은 냉장 1~2일, 냉동 3개월이며, 껍데기를 까지 않은 조개는 냉장 2일, 냉동 1개월이다.

국, 찌개, 반찬의 경우는 냉장 2~3일, 냉동 1개월이 안전 기간이다. 이 밖에 채소와 과일도 유효 기간이 있다.

음식물의 종류에 따라, 조리 정도에 따라 각각 다른 이 기간을 넘기게 되면 냉장고 속에서도 부패가 진행된다.

다시 말해 냉장고에 보관한다고 해서 언제까지나 안전한 것은 아니라는 것이다.

하지만 이 저택의 냉장고는 다른 것들과 달랐다.

항온마법진과 보존마법진이 부착되어 있기 때문이다. 하여 보통의 냉장고에 비하면 확연히 보존 기간이 길다.

예를 들어, 쇠고기 썬 것은 냉장 30~40년, 냉동 600년이다. 닭고기는 냉장 20년, 냉동 200년이다.

식품 저장실이 있는 반지하 1층엔 대형 냉장고가 설치되어 있다. 여기엔 상당히 많은 양의 쉐리엔 열매가 있다.

누구든 먹어도 된다고 해서 사용인들도 가끔은 맛을 보지만 엘린은 주인인 현수 부부와 부모님들에게만 제공되도록 관리하고 있다.

이 밖에 현수 부부를 찾아온 손님에게도 준다. 하여 게리 론슨도 쉐리엔 주스를 맛본 바 있다.

게리 론슨은 본디 NSA 소속이었으나 CIA가 통제하는 인공위성을 사용하기 위해 일시적으로 파견 근무 중이다.

이 밖에 CIA의 국외 조직을 이용하기 위함이기도 하다.

어쨌든 론슨의 방문 이후에 찾아온 지나 통상부 국장보 왕리한도 달콤한 맛을 봤다. 다만 그를 수행한 비서진에겐 제공되지 않았다.

일본대사관 소속 참사관이라고 신분을 속인 일본중앙은행 외환담당팀장 가와시마 야메히토 역시 쉐리엔 주스의 기막힌 맛을 보았다. 하지만 비서진에겐 제공되지 않았다.

다시 말해 쉐리엔 주스는 주인 부부를 찾은 주빈(主賓)에게만 특별히 제공되었다.

이것의 유일한 단점은 미리 만들어놓으면 맛이 떨어진다는 것이다. 공기 중의 산소와 결합하여 산화반응이 일어나면 떫은맛이 생성되기 때문이다.

하여 쉐리엔 주스는 마시고 싶을 때 바로 착즙하여 마셔야 하는 불편함이 있다. 그래서 만드는 데 시간 걸리니 기다려달라고 한 것이다.

현수는 엘린을 보며 흔쾌히 고개를 끄덕여 주었다.

"괜찮아요. 나는 집 바깥을 한 바퀴 둘러보고 올 테니까 천천히 해도 돼요."

"네, 그럼 다녀오세요."

엘린이 물러간 뒤 현관으로 다가가니 피터스 가가바가 환히 웃으며 맞이한다.

"좋은 아침입니다, 주인님!"

"미스터 가가바도 편히 쉬었습니까?"

"그럼요. 한국에서 가져온 침대가 너무나 편하더군요. 주인님의 배려에 감사드립니다."

결혼 후 지현과 연희, 그리고 이리냐는 저택의 가구와 가전제품 등을 교체했다. 기존의 것이 마음에 들지 않아서가 아니라 낡았거나 효율이 떨어져서이다.

가전제품은 당연히 한국산이고, 침대와 가구 역시 한국산이 제법 많다. 특히 '침대는 과학'이라고 광고하여 많은 초등생으로 하여금 헷갈리게 한 침대가 주종이다. 참고로 이 침대는 국산 브랜드이다.

부모님들에겐 매트리스가 있는 침대 이외에도 찜질 가능한 돌침대가 제공되었다.

저택의 것을 교체하면서 새로 건축한 피터스 가가바를 비롯한 사용인들의 집에도 들여놔 주었다.

모두들 기쁨에 겨운 환성을 질렀다.

한국의 가전제품은 세계 최고 수준이다. 가구 역시 탄성을 지르게 하기에 충분했다. 이 밖에 식기와 침구도 마음에 쏙 들어 모두가 흐뭇해했다.

피터스 가가바는 이 중에서 침대가 가장 마음에 들었다.

대통령 경호실 요원으로 근무할 때 간혹 호텔에서 묵었다. 최고급 스위트룸은 아니지만 최고급 호텔의 룸이다.

물론 다른 나라 호텔이다. 그런데 그때 사용하던 그 어떤 침대보다 훨씬 더 안락했다.

매트리스가 좋아서이기도 하지만 매일 오전 5시에 구현되는 바디 리프레쉬 마법진의 효능 때문이다.

덕분에 아무리 피곤했더라도, 아무리 많이 취한 채 잠들어도 오전 5시가 되면 말끔해진다.

이는 몸이 리셋(Reset)되는 거나 마찬가지이다.

그런데 숙면을 취하면 피로가 회복되고 면역력 증진에 도움이 된다. 또한 성장호르몬 분비량이 늘어 피부가 좋아진다.

뿐만 아니라 기억과 학습 능력이 20% 정도 증가한다는 연구 결과도 있다.

어쨌거나 피터스 가가바는 이 모든 혜택을 누릴 수 있도록 베풀어준 존재가 현수라는 걸 아주 잘 알고 있다.

그렇기에 앱솔루트 피델러티 마법의 효능이 극대화되어

있다. 다시 말해 지극한 충성심을 갖게 되었다.

"편히 쉬었다니 다행입니다."

"모두 주인님 덕분입니다. 그런데 어디 가십니까?"

가가바는 현수의 캐주얼한 차림을 위아래로 훑는다. 복장을 보면 어디로 가려는 것인지 충분히 짐작되기 때문이다.

보아하니 차를 타고 외부로 나갈 것은 아닌 듯싶다. 신고 있는 신발이 트래킹화이기 때문이다. 이건 등산보다는 쉽고 산책이라 하기엔 좀 힘든 경우에 신는 것이다.

"아! 후원을 좀 둘러보려고요."

"후원이요? 그럼 호숫가를 말씀하시는 건가요?"

"거기보다 조금 더 나갈 겁니다."

"어! 거긴 뱀이 있을 수 있습니다."

"뱀이요? 하하! 괜찮습니다."

"괜찮기는요, 독사입니다. 여긴 병원이 멀어서 그놈에게 한번 물리면…… 그러지 마시고 우리 경호팀과 같이 나가시죠. 금방 준비시키겠습니다."

"아뇨. 괜찮아요. 미스터 가가바는 혹시 아는지 모르겠습니다만, 뱀은 한국인을 무서워합니다."

"…뱀이 사람을 무서워해요?"

가가바는 전혀 이해되지 않는다는 듯 고개를 갸웃거린다.

사람이 뱀을 무서워하는 건 봤어도 뱀이 사람을 무서워하는 건 본 적도, 들어본 적도 없기 때문이다.

이쯤 되면 이해가 가게 설명해 줘야 한다.

"한국에 가면 생사탕이라는 게 있습니다."

"생사탕이요? 그게 뭐죠?"

"살아 있는 뱀을 그대로 고아서 만든 탕입니다. 한국에선 건강에 좋다고 많이들 먹었죠."

"네? 한국 사람들도 뱀을 먹어요?"

콩고민주공화국의 정글에선 먹을 게 없을 때 뱀을 잡아 구워 먹는 경우가 간혹 있다.

"그렇습니다. 근데 너무 많이 먹어서 거의 멸종당할 지경까지 갔지요. 그러니 우리 한국인을 보면 뱀이 무서워하지 않겠습니까?"

"……!"

조금 전 현수는 살아 있는 뱀이라고 했다. 고아서 탕을 만든다는 게 뭔지는 모르지만 살아 있는 걸 먹는다는 뜻 같다.

살아서 꿈틀거리는 걸 입에 넣고 우걱우걱 씹어 삼키는 장면을 상상한 가가바는 인상을 찌푸린다.

채 입안으로 들어가지 못한 꼬리가 씹을 때마다 흔들리는 장면을 생각했으니 어찌 안 그렇겠는가!

현수는 자신의 농담에 가가바가 인상을 찌푸리는 모습을 보고 피식 웃었다. 어떤 상상을 하는지 짐작되기 때문이다.

"아무튼 경호원은 없어도 됩니다. 그럼 가요!"

현수가 현관문을 열고 나가자 가가바는 잠시 멍한 표정으로 바라보다가 황급히 돌아선다.

그리곤 곧장 컴퓨터 앞으로 다가간다. 황급히 키보드를 잡아당긴 가가바는 한국의 생사탕을 검색해 본다.

모든 뱀이 생사탕의 원료로 쓰일 수 있는데 그중 셋에 관한 자료가 있다.

청사와 백사, 그리고 칠점사에 대한 것이다.

칠점사의 학명은 까치살모사이다. 맹독을 지녔으며, 물리면 일곱 걸음 만에 사망한다 하여 칠보사라도도 불린다.

백사는 백화현상을 겪은 능사(능구렁이)로 한국에선 죽어가는 사람도 살릴 수 있는 것으로 알려져 있다.

뿐만 아니라 백발이 흑발로 변하며, 무병장수한다는 신비의 뱀이라 한다.

구전(口傳)에 의하면 산삼 등을 먹고 몸에 열이 많아서 백사로 백화되었다고 하며, 몸의 열로 인하여 가끔 눈밭에서도 발견되며, 세포 노화 방지와 장수에 큰 도움을 준다고 한다.

청사는 푸른 빛깔을 띤 뱀으로 지난 2,000년에 충북 괴산에서 잡힌 게 유일하다. 백사보다 훨씬 귀한 것으로 이것 이외엔 잡힌 기록이 없다.

가격 순으로 따지면 청사〉백사〉칠점사로 되어 있다.

"뱀이 정력에 좋아?"

생사탕에 관한 내용 중 정력이라는 단어가 나오자 피터스 가가바의 눈이 번쩍 뜨인다. 나이가 들어가는 사내이기에 관심이 안 갈 수가 없다.

엘린 가가바를 비롯한 저택의 시녀들은 한국산 헤어샴푸와 바디샴푸, 그리고 미용 비누를 사용한다. 뿐만 아니라 듀닥터와 각종 미용 용품을 제공 받는다.

저택 창고에 이런 것이 상당히 많이 쌓여 있다.

예전에 현수가 꺼내놓을 것으로 백두마트 서초점 등에서 털어온 것이다. 수천 명이 사용해도 될 정도로 많으니 아낌없이 제공하는 것이다.

어쨌거나 요즘의 엘린은 청결하며 향기롭다. 게다가 섹시하기까지 하다. 지현과 연희, 그리고 이리냐의 영향을 받아 패션도 바뀌었다.

전에는 퇴근 후 집에 가보면 똑같은 낡아빠진 원피스만 입고 있었는데 요즘은 네글리제[1] 차림일 때가 많다.

게다가 안쪽엔 야시시한 란제리를 걸치고 있다.

하여 말로 형용하기 힘든 묘한 기분이 느낄 때가 많다. 가가바의 눈엔 엘린이 더없이 아름다워 보이는 것이다.

그런데 밤이 두렵다. 어느새 세월이 흘러 밤이 무서운 남자

---

1) 네글리제(Negligee) : 가볍고 부드럽게 보이며 레이스나 프릴과 같은 장식이 많은 여성 실내복이나 잠옷. 방 안에서의 휴식 때 입으며 허리끈을 매는 경우가 많다. 소매는 아름답고 부드러운 천을 쓰고 나이트가운으로도 이용된다.

가 되어버린 때문이다.

열심히 체력 단련을 하고 영양가 많은 음식을 먹으려 애쓰지만 상관관계가 별로인지 효과가 미미한 듯싶다.

그런데 생사탕이 정력에 좋다니 입맛을 다시며 스크롤바를 내린다. 혹시 제조법이 있나 찾아보려는 것이다.

그런데 구글 번역기를 사용하여 한국의 웹사이트를 읽어내는 것은 상당히 어렵다. 한글을 프랑스어로 번역하면서 내용이 뒤죽박죽된 때문이다.

"이런 제기랄!"

나직이 투덜거린 가가바는 뱀을 이용한 요리를 검색했다. 지나와 베트남에서도 뱀을 요리하는데 거의 모두 튀기는 것이다. 필리핀에서는 뱀으로 국을 끓여먹는데 정력에 좋다는 글귀가 보인다.

얼른 펜을 꺼내서 메모하던 가가바는 쓰던 것을 멈췄다. 만들 수는 있어도 먹을 수는 없을 것 같아서이다.

피터스 가가바는 콩고민주공화국에서 태어난 아프리카인이다. 하지만 정글 속의 미개인은 아니다.

대학까지 교육을 받았으니 나름 엘리트 그룹에 속한다. 그렇기에 필리핀의 뱀국 이미지를 보곤 더 이상 쓸 수 없었던 것이다.

생사탕이 이러하다면 한국 또한 필리핀과 다를 바 없다고 생각했다. 그러면서도 '에이! 설마 이렇지는 않겠지' 하며 고개를 흔들었다.

저택에 들어와 있는 각종 한국산 제품들을 보면 왠지 어울리지 않는다는 생각이 든 것이다.

어쨌거나 가가바가 뜬금없이 뱀에 관해 검색하고 있을 때 현수는 후원의 호숫가에 당도해 있었다.

"아리아니!"

"네, 주인님!"

"근처에 뱀 있어?"

"잠깐만요!"

앙증맞은 날갯짓으로 허공을 훨훨 날던 아리아니가 되돌아오는 데 걸린 시간은 대략 5분 정도 된다.

현수는 호수 가운데 조성되어 있는 자그마한 섬을 보곤 고개를 끄덕였다. 연희와 정원사들의 노고가 느껴져서이다.

처음 이곳에 왔을 때 섬은 폐허나 다름없었다. 오랫동안 사람의 손길이 끊긴 때문이다.

다음번에 왔을 땐 일부분만 깨끗해져 있었다. 그런데 지금은 거의 모두 손질이 된 듯하다.

그런데 누군가 움직이고 있다.

"어라?"

안력을 높인 현수는 정원용 장갑을 낀 사람이 연희의 모친인 강진숙 여사임을 알아볼 수 있었다.

"장모님이 왜……?"

지금은 오전 6시 경이다. 그런데 훨씬 일찍부터 나와서 일을 한 것처럼 보인다. 그러고 보니 강 여사 근처에도 사람들이 있다. 저택의 정원사들이다.

"이런 새벽에……. 고생하시는구나."

강진숙 여사는 연희의 바통을 이어받아 저택 관리에 힘쓰는 중이다. 이 저택의 관리책임자가 연희이기 때문이다.

딸이 없는 사이에 섬 내부를 깨끗이 청소함과 동시에 그럴듯한 휴식처로 꾸미는 중이다.

그러고 보니 전원주택 같은 모던 하우스가 건립되어 있다.

사방이 유리로 되어 있어 시원한 실내에서도 바깥 풍경을 즐길 수 있다.

모던 하우스의 현관 위에는 'HAYRA'라고 돌을새김으로 새겨진 현관 비슷한 것이 걸려 있다.

"응? HAYRA? 저건 무슨 뜻이지?"

문득 현수의 뇌리를 스치는 것이 있다.

태국의 신화를 다룬 고문헌에는 Hayra를 악어로 표현하기도 한다. 그런데 우리가 알고 있는 일반적인 악어가 아니라 용과 비슷한 모양이다.

연희는 명문대 출신이다. 하지만 태국의 전설까지 섭렵할 정도는 아니다.

하여 대체 무슨 뜻인가 싶어 고개를 갸웃거린다.

이건 Hyun soo And Yeon hui' s Rest Area' 의 줄임말이다. '현수와 연희의 휴식처' 라는 뜻인데 이니셜만 써놓았으니 머리 좋은 현수도 고개를 갸웃거리는 것이다.

"호수에 악어가 있는 건가? 그럼 안 되는데."

현수 본인이야 악어가 수십만 마리가 있어도 상관없다. 드래곤 피어를 구현시키면 알아서 도망갈 것이기 때문이다.

그래도 포악한 본성을 버리지 못해 위협을 가하면 모조리 죽여서 악어가죽 핸드백의 원료로 팔아먹을 수도 있다.

하지만 연희와 장모, 그리고 저택의 정원사 등은 한 마리만 쫓아와도 혼비백산할 것이다.

일에 열중하고 있다가 자칫 화를 당할 수도 있다.

생각이 이에 미치자 즉시 마법을 구현시켰다.

"와이드 센스!"

샤르르르르릉—!

눈에 보이지 않는 마나가 엷은 안개처럼 사방으로 뻗어간다. 그와 거의 동시에 주변의 모든 생물체에 대한 정보가 입력된다.

호수 내에 생명체가 있기는 하다. 집중하여 살펴보니 2m 정도 되는 놈이 넷이나 있다.

"흐음, 악어인가?"

아직 어린 악어라 할지라도 자라면 위협이 된다.

"아이스 애로우!"

말이 떨어지기 무섭게 굵은 창 이십여 개가 생성된다.

"발사!"

슈아아악! 쌔에엑!

풍덩! 퐁! 출렁!

이십여 개의 얼음창이 호수 가장자리의 무성한 풀 속으로 파고든다. 뭔가 이상한 것이 다가옴을 느낀 생명체들은 일제히 풀숲으로 파고든다.

"체인 라이트닝!"

번쩍, 번쩍, 번쩍, 번쩍ㅡ!

파직, 파지직, 파지지직ㅡ!

번개가 쏟아져 가자 맹렬한 속도로 풀숲을 파고들던 생명체 넷의 움직임이 멈춘다. 강력한 번개를 맞고도 살 수는 없기 때문이다.

"뱀이었군. 다시! 와이드 센스!"

또 한 번 수면 아래를 살폈다. 그런데 고인 물이라 그런지 혼탁해서 제대로 파악되지 않는다.

이럴 때 써먹을 존재가 있다. 물의 최상급 정령이다.

"엘리디아! 근처에 있어?"

마나에 의지를 실어 보내자 잠시 후 응답이 왔다.

"…부르셨사옵니까, 마스터?"

아리아니와 함께 있다 왔을 것이다.

"그래. 여기 이 호수 속에 악어가 있는지 확인해 줄래?"

"잠시만 기다려 주시옵소서. 잠시만……."

엘리디아는 수면 아래로 스며든다. 잠시 수면 전체가 찰랑였지만 그 시간은 그리 길지 못했다.

오대양 육대주의 모든 물을 모두 관장하는 존재가 엘리디아이다. 이 밖에 구름이 머금고 있는 수분까지 컨트롤한다.

지난 3월 18일에 엘리디아는 엔다이론인 상태였다. 최상급으로 진화하기 전이다.

그때 북경에 엄청난 양의 비를 뿌리게 했다. 지독하던 대기오염을 씻어내기 위함이었다.

당시 사흘 동안 쏟아진 비의 총량은 약 3,000㎜였다. 북경 전체를 3m 높이로 뒤덮을 어마어마한 양이다.

북경의 연간 강수량은 600㎜ 정도이다.

게다가 한국처럼 집중호우인 경우는 극히 드물다. 비가 좀 오더라도 여름철에 조금씩 내리다가 마는 정도이다.

내륙인데다 강수량이 적어 딱히 배수 시설이라는 것이 필요하지도 않은 곳이다.

이처럼 강수량은 적지만 인구와 공장이 많기에 북경을 비롯한 중북부 지역 대부분은 공업용수는 물론이고 식수조차 부족하다.

이를 해소하기 위해 지하수를 끌어올리지만 수량이 풍부하지 못한데다 환경적으로도 문제가 많다.

하여 지나 정부는 '남수북조(南水北調)' 사업이란 걸 계획했다. 1950년대부터 추진해 온 수자원 확보정책의 일환이다.

이 중 내륙에 물길을 내어 수량이 풍부한 양자강의 물을 북쪽에 위치한 황하강으로 보내는 작업이 있다.

남수북조 동부선 1기 사업이며, 최근에 완공되었다.

총 길이 1,467km짜리 수로를 통과한 물은 강소성과 안휘성, 그리고 산동성에 위치한 71개 시까지 공급된다.

이 수로를 통해 연간 87억 7,000만㎥의 물이 공급되므로 약 1억 명이 혜택을 입게 될 예정이다.

그런데 북경의 전체 면적은 약 1,040㎢이다.

이 넓은 면적 전체를 3m 높이로 뒤덮으려면 약 31억 2,000만㎥의 물이 필요하다.

애써 만든 수로를 통해 1년간 공급할 총량의 약 35%가 단 사흘 만에 쏟아진 것이다.

어떤 일이 빚어졌겠는가!

느닷없는 홍수로 북경은 비롯한 여러 도시가 그야말로 처참하다 해도 좋을 피해를 입었다.

인간에겐 재앙이었지만 이 일을 야기한 엘리디아에겐 별로 큰일이 아니다. 본인이 관장하는 물 중 극히 일부를 사용하는 것이기 때문이다.

수면 아래로 스며든 엘리디아가 다시 나온 것은 불과 1분 후였다. 10초도 안 걸릴 일이지만 현수의 명인지라 샅샅이 뒤지느라 잠시 지체된 결과이다.

어쨌든 수면 위로 나온 엘리디아는 공손히 고개 숙이며 보고한다.

"마스터, 물속엔 물고기와 같은 수중 생물만 있을 뿐 악어나 아나콘다처럼 사람에게 해를 끼칠 존재는 없사옵니다."

"…그래?"

엘리디아의 보고는 100% 사실일 것이다. 정령은 거짓말을 못하며, 현수에 대한 충성도가 높기 때문이다.

"다만 수면 가장가리 수풀 속에 죽어 있는 뱀이 네 마리 있사옵니다. 마스터께서 그러신 거죠?"

"그래, 없다니 다행이야. 참, 호수 물이 조금 혼탁한데 맑게 할 수 있지?"

"물론 가능하옵니다. 그리해 드릴까요?"

엘리디아는 다른 정령들과 함께하는 시간이 많아지면서 완연히 사극 투이던 말이 조금 달라지는 중이다. 하지만 지금도 들을 때마다 오글거리기는 하다.

한 가지 다행인 점은 발가벗은 여인의 모습이 아니라 용과 같은 모습이라는 것이다.

"물이 너무 맑아도 물고기가 살 수 없다고 들었어. 그 정도 까지는 아니고 물속이 환히 보이는 정도면 괜찮으니 손 좀 봐줄래?"

현수는 1급수와 2급수의 중간쯤을 기대했다.

1급수는 여과 등에 의한 간이 정수 처리만으로도 식수로 사용할 수 있는 아주 맑은 물이다.

2급수는 비교적 맑은 물로서 침전·여과 등의 일반적 정수 처리를 해야 식수로 사용 가능하다.

수영이나 목욕이 괜찮은 건 2급수까지이다.

현수가 1.5급수를 생각한 이유는 물속에서 물고기들이 유영하는 걸 보고 싶기 때문이다.

"명에 따르옵니다, 마스터. 지금 당장 그리할까요?"

엘리디아는 현수의 명만 떨어지면 당장에라도 입수하여 작업을 개시할 태세이다.

"아니. 일단 이 근방에 악어나 아나콘다, 혹은 인간에게 해를 끼칠 짐승이 있는지부터 먼저 확인해 줘."

"그런데 너무 막연하옵니다, 마스터. 구체적으로 범위를 정해주시면 아니 되겠사옵니까?"

"그럼 이 호수를 중심으로 해서 반경 3㎞를 훑어줘."

"그럼 약 28㎞군요."

원래부터 지구에 있었고 오랫동안 존재한 정령이라 그런지 인간의 도량형[2]도 제법 아는 모양이다.

"그래. 시간이 오래 걸릴까?"

"아뇨. 수색만 하는 것이면 금방 끝나옵니다. 그런데 그런 것들이 있으면 어찌하옵니까?"

"…죽이진 말고 그냥 멀리 쫓아줘. 참, 이 근처에 얼씬하지 않도록 주의도 주고. 알아들으려나 모르겠지만."

엘리디아는 고개를 좌우로 젓는다.

존재감으로 멀리 쫓아낸다 하더라도 이곳에 먹이가 있다는 걸 알게 되면 본능적으로 되돌아올 것이기 때문이다.

"악어와 아나콘다는 아마 어려울 것이옵니다."

"그럴까? 그럼 놈들을 한곳으로 몰아줘. 내가 알아서 처리할 테니. 그건 가능하지?"

"그럼요! 싹 다 모아놓겠사옵니다."

말을 마친 엘리디아는 한시라도 빨리 마스터의 명을 이행해야 한다는 듯 서둘러 사라진다.

잠시 엘리디아의 뒷모습을 지켜보던 현수는 플라이 마법을 써서 하늘로 올라가 사방을 둘러보았다.

---

2) 도량형(度量衡, Weights and measures) : 길이·부피·무게, 또는 이를 재고 다는 기구나 그 단위법을 이르는 말.

CHAPTER 02
이실리프 가든

"저기부터 저기까지는 의료원, 저기는 테마파크, 그리고 이쪽을 바이롯 농장으로 쓰면 되겠군."

현수가 콩고민주공화국 정부에 매입 의사를 밝힌 토지는 20㎢이다. 한국식으로 환산하면 약 600만 평이다.

마포구보다 조금 작은 이곳은 분할되어 여러 용도로 사용될 예정이다.

이 중 가장 넓은 면적을 차지하는 건 바이롯 농장이다. 항공사진으로 보면 여느 정원처럼 보이게 될 것이다.

인간이 만든 세계 최고의 정원은 싱가포르 남단 '마리나

베이' 간척지에 조성된 '가든스 바이 더 베이(Gardens by the bay)'라 할 수 있다.

부지의 크기는 약 30만 평으로 실내 온실과 야외 정원으로 나뉘어 있다.

온실은 '클라우드 포레스트'와 '플라워 돔'으로 나뉘고, 야외 정원을 전망할 수 있는 '수퍼트리 그로브'가 있다.

그런데 너무 넓어서 정원을 한 바퀴 볼 수 있는 가든 크루저(Garden Cruiser)로 트램[3]을 타고 다닌다.

훗날 이실리프 가든으로 불리게 될 바이롯 재배지의 면적은 10㎢. 가든스 바이 더 베이보다 10배 정도 넓은 약 300만 평이다. 이 중 상당 부분이 바이롯 재배를 위해 사용될 뿐 전체가 농장은 아니다.

인근에 끌어올 수 있는 전단토가 얼마나 있는지 알 수는 없지만 가능한 넓은 면적에 바이롯을 재배하고 나머지는 정원으로 꾸밀 것이다.

엄청나게 넓은 면적이지만 관광객이 드나들 곳은 아니다. 따라서 이곳을 관리하게 될 직원들은 트램 대신 골프장에서 사용하는 전기 카트를 사용하게 될 것이다.

아울러 이곳은 누군가에게 보여주기 위한 것이 아니다.

현수 일가와 초청받은 극소수만이 드나들 수 있는 곳이긴

---

3) 트램(Tram) : 일반 도로에 깔린 레일 위를 달리는 노면 전차.

하지만 때론 전체를 조망하고 싶을 때도 있다.

하여 가든스 바이 더 베이에 있는 수퍼트리 그로브와 비슷한 개념의 전망 시설도 배치된다.

이것은 두 가지 용도로 사용되는데, 하나는 전망을 위함이고 다른 하나는 마나를 끌어모으는 용도이다.

이것에 새겨질 마나집적진은 바이롯 재배 및 기타 마법 구현을 위한 용도로 사용될 것이다.

현수는 머릿속으로 많은 이미지를 떠올렸다.

연희가 브라질 리우데자네이루 재개발 공사를 위해 영국에서 찍어온 여러 사진 속엔 큐 가든(Kew garden)의 이미지가 있다. 영국 왕립식물원이다.

이 밖에 프랑스 지버니 마을에 위치한 '모네의 정원' 사진도 있다. 인상파 화가 클라우드 모네의 집을 둘러싼 두 개의 주요 정원을 찍어온 것이다.

꽃의 정원이라 불리는 클로스 노맨드와 물의 정원인데 예술가의 손길이 닿아 그런지 인상적이라는 느낌이었다.

이외에도 네덜란드 리쎄의 키우켄호프(Keukenhof) 정원과 캐나다 브리티시, 콜롬비아의 밧차트(Butchart) 정원, 이탈리아 티볼리의 빌라 디에스테(Villa d' Este), 독일 포츠담의 산스소우씨(Sans Souci), 프랑스 파리의 베르사이유 궁전(Palace of Versailles) 사진도 있다.

유럽뿐만 아니라 태국 파타야의 수안 농 누츠(Suan Nong Nooch)의 이미지도 있고, 일본 신주쿠의 교엔 국립정원 사진도 있다. 마지막은 미국 뉴욕의 브루클린(Brooklyn) 식물원 사진이다.

천지건설 업무지원팀에서 제출한 보고서에 첨부된 이미지들은 주로 국내의 정원을 찍은 것이다.

창덕궁 원림, 인천 월미도 한국전통정원, 가평 아침고요수목원, 순천만 한국정원, 담양 소쇄원, 보길도 세연정, 영양 서석지, 양평 세미원, 장흥 송백정 등이다.

300만 평에 달할 바이롯 재배단지엔 작업과 보관, 연구와 생산을 위한 각종 건축물이 필요하다.

현대식 건물보다는 자연친화적인 한옥이 아주 잘 어울릴 것이다. 그런데 바세른 산맥 아랫자락에 자리한 이실리프 자치령에 아주 훌륭한 단지가 조성되고 있다. 현수는 이를 사진으로 찍어온 바 있다.

한국의 전통 정원들을 참고하여 나이즐 빌모아가 나름대로 재정립한 배치이다.

목재가 주요 구조재인 한옥인지라 화재에 취약할 수 있다. 하여 연못과 수로 등이 조화롭게 배치된 한옥 단지이다.

이걸 참조하면 상당히 괜찮은 작품이 나올 것이다.

하여 흐뭇한 미소를 지었다. 아직 첫 삽도 뜨지 않았건만 벌써 완공된 듯한 기분이 든 탓이다.

"흐음! 괜찮겠어. 정말 괜찮겠어."

상상 속의 완공된 장면을 떠올린 현수는 크게 고개를 끄덕인다. 저택을 중심으로 우측엔 이실리프 의료원이 들어서고, 좌측엔 그보다 훨씬 큰 테마파크가 배치된다.

전면엔 직원과 환자 보호자를 위한 시가지가 건립되고, 후면은 300만 평짜리 정원이다.

바이롯 재배는 직원들이 할 일이고, 현수는 체력 단련을 위한 조깅로 겸 산책로를 주로 이용하게 될 것이다.

이 길은 관절 보호를 위해 잔디가 깔리게 된다.

우레탄 트랙도 푹신하기는 하지만 환경 보호를 위해 사용하지 않을 계획이다.

테마파크와 바이롯 재배지, 그리고 저택은 하나로 이어져 있다. 물론 저택을 중심으로 봤을 때 그러하다.

이것들의 면적을 모두 합산하면 524만평짜리 저택이 된다. 모르긴 해도 세계에서 가장 넓은 집이 될 것이다.

"흐음! 여긴 바이롯을 심고, 러시아나 몽골 자치령엔 포인세 재배를 하면 어떨까?"

'주신의 숨결' 이라는 뜻을 가진 포인세는 마나가 주요 생장 요소이다. 당연히 마나가 풍부해야 한다.

다시 말해 마나가 희박한 곳에서는 자라지 못하거나 아주

느린 속도로 성장한다. 그리고 기름진 토양과 풍부한 수분, 그리고 많은 일조량도 필요하다.

포인세는 천연 향수의 원료가 될 뿐만 아니라, 그 향기는 아주 강력하게 부패를 억제하는 효능이 있다.

성분을 파악하여 음식물 등에 적용할 수만 있으면 아주 유용할 것이다. 유통 기간이 획기적으로 늘어나면 버려지는 음식물 쓰레기의 양도 대폭 감소한다.

인류 전체에 도움이 될 일이다.

"흐음! 어쩌면 향수보다 그게 더 많은 돈을 벌게 해줄 수도 있겠네."

나직이 중얼거린 현수는 부지 전체를 둘러보았다.

"주인님!"

"그래, 아리아니."

"근처의 뱀은 모두 쫓아냈어요. 근데 들소와 사슴, 그리고 멧돼지와 하이에나가 있던데 모두 쫓아낼까요?"

"뭐? 근처에 하이에나가 있어?"

현수는 놀란 표정을 지었다. 여긴 지현과 연희, 그리고 이리냐가 활보하던 곳이다. 그런데 멀지 않은 곳에 사람의 생명을 앗을 수 있는 맹수가 있다고 하니 깜짝 놀란 것이다.

"아뇨. 이 근처는 아니고요, 저쪽 멀리 있어요. 중간에 제법 큰 개울이 있어서 쉽게 넘어올 수는 없구요. 근데 그놈들,

어떻게 해요?"

"흐음, 이곳으로부터 얼마나 멀리 있는데?"

"주인님 보폭으로 7,000보를 조금 넘을 거예요."

성인 남자의 보폭은 대략 70㎝쯤 된다. 따라서 약 5㎞ 떨어진 곳에 짐승들이 있다는 소리이다.

"…조금 더 멀리 가도록 해줘. 근데 가능해?"

"물론이에요. 뱀보다는 머리가 좋은 녀석들이니 제가 말하면 들을 거예요."

"기왕 보내는 거니까 각각 다른 데로 가게 해줘."

"네, 알겠습니다."

사슴과 들소는 사람에게 별다른 해를 끼치지 않지만 멧돼지와 하이에나는 그렇지 않다.

그렇다 하여 둘만 쫓아낼 순 없다. 나머지 둘 모두 초식동물이라 포인세 재배에 방해될 수 있기 때문이다.

넷 모두가 한 공간에 있으면 사냥당할 수 있기에 따로 보내려는 것이다.

아리아니가 다시 멀어질 때 노에디아가 스르르 나타난다.

"마스터, 전단토 이전 작업은 어떻게 합니까?"

"우선은 그냥 둬. 설계를 마치면 이야기할게."

"네! 그럼 저는 이만……."

노에디아가 땅 속으로 스며들자 현수는 등을 돌렸다.

저택으로 돌아갈 시간이다. 이런저런 생각을 하며 걷는 동안 호수의 물이 맑아지기 시작한다.

이 호수는 아래에선 샘이 솟는다. 당연히 맑은 물이다.

그런데 흐르지 못하고 고여 있는데다 이것저것 섞여들어 조금씩 썩던 중이다.

아직은 석촌호수보다는 낫지만 물고기가 떼죽음을 당하면 곧 그 정도가 될 것이다.

생물학적 산소요구량인 BOD가 높아질 것이기 때문이다.

"흐음! 부레옥잠이 필요하군."

수생식물 부레옥잠(Water Hyacinth, 玉簪)은 수질을 정화하는 기능을 가졌다. 물속 부영양화를 일으키는 원인 물질인 질소와 인을 아주 잘 먹어치우기 때문이다.

가로, 세로 각기 100m에 분포되어 있는 부레옥잠은 1년에 질소(N) 1,700kg과 인(P) 300kg을 거뜬히 빨아들인다.

이는 500명의 사람이 배출시키는 더러운 물을 모두 깨끗하게 바꾸는 것과 같은 것이다.

게다가 어린 물고기나 새우의 좋은 서식지 역할도 한다.

물에서 흡수한 질소와 인, 그리고 칼륨이 풍부하게 들어 있기 때문이다. 마지막으로 다 자란 부레옥잠을 걷어 올려 퇴비로 만들면 좋은 천연 비료가 된다.

현수의 생각대로 이 호수엔 부레옥잠이 서식하게 된다.

덕분에 엘리디아의 수고는 덜어진다. 정기적으로 수질 정화 작업을 하지 않아도 그 역할을 대신해 주기 때문이다.

천천히 걸어 저택으로 돌아온 현수는 곧장 2층으로 올라갔다. 따뜻한 물로 샤워를 마치고 내려오니 엘린이 다가온다.

"주인님, 주스요."

"고마워요."

"고맙기는요. 당연한 일인걸요."

엘린의 부드러운 미소에 현수 역시 웃어주었다.

주스 잔을 받아 들고 계단을 딛고 오르는데 피터스 가가바가 황급히 현관문을 열고 들어선다.

"주인님!"

"……?"

"주인님, 소, 손님이 오셨습니다."

"손님이요? 이 이른 시각에?"

현재 시각은 오전 7시를 갓 넘겼다. 그리고 저택은 킨샤사 시내에서 조금 떨어진 곳에 위치해 있다.

누군가 이곳을 찾아오려면 승용차를 이용할 경우 오전 6시 반에는 움직여야 한다. 비포장도로 구간이 꽤 길어서 속력을 낮춰야 하기 때문이다.

어쨌거나 이 시각에 누군가 왔다고 하니 의아하다는 표정으로 바라보았다.

"가에탄 카구지 내무장관님이십니다."

"네에? 어서 모시세요."

"네, 주인님. 그럼 접견실로 모시겠습니다."

"…그러세요. 옷 갈아입고 내려온다고 말씀드려 주세요."

"네, 주인님."

현수는 우당탕거리며 2층으로 올라갔다. 그리곤 빠른 속도로 의복을 갈아입었다. 예의를 갖춰야 하기 때문이다.

아래층으로 내려와 접견실 문을 여니 가에탄 카구지의 서성이는 모습이 보인다.

눈동자는 흔들리고 있고 손은 마주 비비고 있다. 뭔가 조바심 나는 일이라도 있는 듯하다.

"제가 조금 늦었습니다. 많이 기다리셨죠?"

"아닐세, 아니야."

"이렇게 이른 아침에 무슨 일로……. 연락 주시면 제가 찾아뵐 텐데요."

"자, 자네에게 부탁이 있어서 왔네."

"부탁이요?"

가에탄 카구지가 할 부탁이랄 게 별로 없다. 권력의 중심에 있으니 적어도 콩고민주공화국에선 못할 일이 없다.

게다가 빼돌린 재산도 상당하다.

모르긴 해도 스위스 은행이나 케이먼 제도 은행 계좌엔 적지 않은 돈이 들어 있을 것이다.

"내 아들, 내 아들 제프가 아프네. 고쳐주시게."

"네?"

"자네가 코리안 빌리지의 성자라는 걸 이제야 알았네. 부탁하네. 제발 우리 제프, 제프 좀 어떻게 해주게."

"제프가 아파요?"

"그러네. 소아 백혈병이라 하네. 제발 좀 고쳐주게. 응? 자넨 성자라며? 못 고치는 병이 없다 들었네. 제발⋯⋯!"

가에탄 카구지에겐 어린 아들이 있다. 그런데 얼마 전부터 몸에서 열이 나고 안색이 창백해졌다.

어디가 어떻게 아픈지를 물었지만 제프는 아직 어린 나이인지라 제대로 설명을 못했다.

그래서 카구지 장관의 아내는 그냥 감기인가 싶어 해열제를 사다 먹였다. 그런데 며칠 뒤 제프는 뼈가 아프다고 했다.

그제야 병원을 데려갔다.

킨샤사에 있는 '비암바 마리 무톰보 병원'은 미국 NBA의 노장 디켐베 무톰보에 의해 최근에 건립된 병원이다.

현수가 코리안 빌리지의 성자로 불린다면 무톰보는 킨샤사의 성자로 불린다.

어쨌거나 자신의 조국에 1,500만 달러를 기부하여 건립한 이 병원의 명칭은 모친의 이름을 딴 것이다.

소아과, 외과, 산부인과와 전염병 연구센터로 이루어진 이 병원에서는 제프가 소아 백혈병에 걸렸다는 진단을 내렸다.

이미 상당히 많이 진행되었고, 더 이상 손을 쓸 수 없다는 말에 제프는 급히 미국행 비행기에 몸을 실었다.

수소문 끝에 찾아간 곳은 필라델피아 어린이병원이다.

미국 내에서 당뇨병 등 여섯 개 분야에서 1위를 기록했으며, 소아암 분야에서도 최우수 병원이다.

제프는 정밀 검사를 받았고, 그 결과 안타깝게도 '급성 림프모구 백혈병'이라는 판정을 받았다. 이는 골수에서 악성의 성숙하지 않은 백혈구가 끊임없이 증가하는 병이다.

즉시 항암 치료에 돌입했는데 약이 듣지 않았다.

게다가 항암 치료의 부작용으로 면역력이 떨어지사 감염에 취약한 상태가 되었다.

바이러스에 감염되면 건강한 사람에겐 감기로 그칠 것이 치명적인 폐렴으로 진행될 수도 있게 된 것이다.

뿐만 아니라 항암 치료로 인해 혈소판 수치가 감소되면서 출혈이 발생되었다. 이게 심해지면 과다 출혈로 인한 사망에 이를 수도 있다.

국정 때문에 동반 출국을 할 수 없던 가에탄 카구지는 매일

매일 아내와 통화하면서 상황을 체크했다.

그러는 한편 제프를 치료해 줄 방안을 모색했다.

내무부 직원들도 백방으로 뛰어다녔다.

미국 최고의 병원에서도 손을 놓았으니 콩고민주공화국 의사들의 능력으론 어쩔 수 없다.

하여 뛰어난 이적을 보인 주술사를 집중적으로 수배했다. 이곳은 병원보다 주술을 더 신뢰하는 아프리카이다.

하지만 주술사를 찾는 것도 어려웠다. 그러던 중 코리안 빌리지의 성자에 관해 알게 되었다.

가에칸 카구지 역시 코리안 빌리지의 성자에 대한 이야기를 들은 바 있다. 에티오피아에서 몹시 떠들썩하던 일이라 이곳까지 전해진 것이다. 듣기는 하였으되 관심을 가지지 않은 건 가족 중에 환자가 없었기 때문이다.

그리고 에티오피아에서처럼 상세한 내용이 보도된 것이 아니라서 그냥 그런가 보다 했다. 코리안 빌리지에 성자가 나타났다는 걸 과장된 것이라 여긴 것이다.

어쨌거나 에티오피아의 신문기사와 방송 내용을 확인해 보니 코리안 빌리지의 성자는 한국인이다. 그리고 뾰족한 침 몇 개로 못 고친 병이 없다.

우선 불치병으로 알려진 녹내장이 말끔해졌다.

난치병인 베세트병[4]과 전신성 홍반성 낭창(Erythematodes)

역시 완치되었다.

이 밖에 희귀 질환인 고서병[5]과 파킨슨병[6] 또한 치료되었다.

최종적으로 치료한 건 진폐증이다. 이것 역시 난치병이다.

현장에서 치료 과정을 지켜본 사람들의 인터뷰 내용을 확인한 카구지 장관은 황급히 코리안 빌리지의 성자를 찾았으나 이미 떠나고 없었다.

하여 안면이 있는 에티오피아 고위 관료에게 전화를 걸었다. 로마우 바이할 의무장관이다.

가에탄 카구지는 사정을 설명하고 코리안 빌리지의 성자와 연결해 달라는 청을 넣었다. 그런데 의아하다는 말투로 되물었다. 다음은 통화 내용 중 일부이다.

"장관님, 코리안 빌리지의 성자와 연결을 해달라니요?"

"네! 정말 급해서 그럽니다. 연락처라도 주시면 우리가 알아서 그분께……."

카구지 장관의 말은 중간에 끊겨야 했다. 바이할 장관이 치고 들어온 때문이다.

---

4) 베세트병(Behçet's syndrome) : 눈을 포함하여 피부, 순환기, 중추신경계의 혈관이 염증에 의해 막혀 나타나는 전신질환.

5) 고서병(Gaucher disease) : 몸속의 낡은 세포들을 없애는 데 도움을 주는 물질인 글루코세레브로시데이즈(Glucocerebrosidase)라는 효소가 유전자 이상으로 결핍되어 생기는 유전병.

6) 파킨슨병(Parkinson's disease) : 뇌의 흑질(Substantia nigra)에 분포하는 도파민의 신경세포가 점차 소실되어 발생하며 안정 떨림, 경직, 운동 완만(운동 느림) 및 자세 불안정성이 특징적으로 나타나는 신경계의 만성 진행성 퇴행성 질환.

"미스터 킴은 장관님이 소개하셨잖습니까?"

"미스터 킴이요?"

"네, 천지약품 공동대표인 미스터 킴! 그 사람이 코리안 빌리지의 성자예요. 설마 모르셨어요?"

"……!"

이 통화는 어젯밤 늦은 시각에 이루어졌다. 로마우 바이할 의무장관이 공식 행사를 마치고 늦게 귀가한 때문이다.

어쨌거나 통화 후 가에탄 카구지는 똥 마려운 강아지처럼 밤새 서성였다. 그러는 동안 미국에 있던 제프와 아내는 귀국행 비행기에 탑승해 있었다.

어차피 고치지도 못한다니 주술사의 힘이라도 빌리려고 귀국하도록 한 때문이다.

카구지 장관은 날이 밝자마자 총알처럼 튀어왔다. 오늘 현수가 출국할 수도 있기 때문이다.

"고쳐주게. 못 고친 병이 없지 않은가! 응? 근데 백혈병도 가능한 건가?"

가에탄 카구지의 시선엔 간절함이 배어 있다.

"…제프는 지금 어디에 있습니까?"

"조, 조금 있으면 당도할 것이네. 헬기로 실어올 것이야. 근데 의, 의료도구는? 뾰족한 침 말이네."

혹시라도 침이 없어 고쳐줄 수 없다는 말을 들을까 겁난다는 듯 두 손을 비빈다. 땀이 배어 있는 듯 보인다.

"준비할게요. 좀 진정하세요."

말을 마친 현수는 곁에 있는 인터컴을 눌러 알리사로 하여금 쉐리엔 주스를 내오도록 했다.

"고, 고맙네. 정말 고맙네."

카구지 장관은 고개까지 숙여 보인다. 제프를 얼마나 아끼는지 짐작이 된다.

"장관님! 진정하시고 마음을 차분히 가지세요. 저는 준비를 하겠습니다."

"고, 고맙네."

카구지는 연신 고개를 숙여 보인다. 얼마나 절실한지 짐작되는 모습이다.

접견실 밖으로 나온 현수는 그럴듯한 진료실을 꾸며야 했다. 먼저 아공간에 있는 마사지용 테이블을 꺼냈다. 소독용 알코올과 탈지면, 그리고 침도 꺼내서 정렬시켰다.

창고로 쓰일 예정이던 작은 방이 졸지에 진료실로 바뀌었다.

똑, 똑, 똑―!

"네에!"

"주인님, 내무장관님의 영식7) 제프가 도착했습니다."

"환자용 침대예요, 휠체어예요?"

---

7) 영식(令息) : 윗사람의 아들을 높여 이르는 말. 딸은 영애(令愛)라 부름.

"휠체어입니다."

"그럼 이쪽으로……."

"네, 알겠습니다."

이내 문이 닫히고 피터스 가가바가 뛰어가는 소리가 들린다. 긴 복도를 전속력으로 달리고 있다. 안면 있는 내무장관 경호팀 요원으로부터 상황을 전달 받은 때문이다.

본인을 이곳에 배속시킨 장본인이 가에탄 카구지 장관이다. 처음엔 대통령궁을 떠나 한직으로 밀려나는 느낌이라 속으론 투덜거렸다. 하지만 지금은 아니다.

이곳으로 보내준 것이 너무도 고맙다. 그렇기에 은혜를 갚는 기분으로 뛰고 있는 것이다.

파루루룩—! 차르르르륵—!

휠체어를 밀고 오는 소리가 들리기에 문을 열어두었다.

"여, 여기 왔습니다."

휠체어엔 맥이 빠진 소년 하나가 앉아 있다. 아무런 작용도 못한 항암 치료와 오랜 비행에 몹시 피곤한 듯하다.

"제프라고 했지?"

"……!"

대답할 기력조차 없는지 대꾸 대신 고개만 끄덕인다.

"제프야, 혼자서 일어설 수는 있어?"

"네, 일어설 수 있어요."

"그럼 여기 와서 누워볼래?"

제프는 고개를 끄덕이곤 자리에서 일어나 침대로 다가갔다. 기력이 쇠한 듯 아주 천천히 움직인다.

이때 제프의 모친, 다시 말해 가에탄 카구지 장관의 아내가 들이닥쳤다. 가가바가 휠체어를 빼앗듯 낚아채 황급히 뛰어가자 뒤따라온 것이다.

곧이어 경호원들 또한 달려온다. 이때 장관의 부인이 고개를 숙이며 입을 연다. 이곳에 코리안 빌리지의 성자가 있으며 동양인이라는 것을 알기 때문이다.

"서, 성자님! 우, 우리 제프를……."

"네, 장관님께 들어서 압니다. 지금부터 치료를 할 것입니다. 그러니 잠시 밖에 계셔주시겠습니까?"

"우, 우리 제프가 나, 나을 수 있는 거죠?"

"저는 최선을 다할 겁니다."

현수는 말을 잇지 않고 장관의 아내와 시선을 마주했다.

그 눈빛에서 무엇을 느꼈는지 모르지만 고개를 끄덕인다. 그리곤 물러난다.

"미스터 가가바, 이곳에서 중요한 일을 할 겁니다. 고도의 정신 집중을 요구하는 일이니 방해받지 않도록 문 앞에 있어주세요. 지금부터 어느 누구의 출입도 금합니다."

"네, 주인님!"

"장관님이라 할지라도 안으로 들어오면 안 됩니다. 아차 실수하면 천추의 한이 될 수도 있음을 말씀드리십시오."

"네, 주인님. 그럼……."

피터스 가가바는 밖으로 나간 후 조용히 문을 닫았다.

닫히는 문 사이로 다가오는 가에탄 카구지 장관의 모습이 보였으나 무시하고 시선을 돌렸다.

예를 갖추는 것보다 아이를 돌보는 것이 우선이기 때문이다.

"제프야, 비행기 타고 오느라 많이 힘들었어?"

"…네에, 조금요. 그래서 피곤해요."

"그래? 그럼 조금만 잘래?"

"…저 아프게 안 하실 거죠?"

테이블 곁에 준비해 놓은 여러 종류의 침에 시선을 둔 채 한 말이다. 장침은 너무 길어 보이고 피침과 참침은 보는 순간 두려움을 느끼게 한다.

필라델피아 어린이병원에서 이미 고통을 당할 만큼 당하고 왔다. 처음엔 각종 검사를 하며 온갖 고통을 주었다. 그때 찔린 주사바늘 수가 이십이 넘는다. 찔릴 때마다 너무 아파서 눈물을 흘렸다. 그런데 그게 끝이 아니었다.

항암치료를 하는 동안 정맥주사[8]를 놓겠다며 잘 잡히지도 않는 혈관을 이렇게도 찔러보고 저렇게도 찔렀다.

---

8) 정맥주사 : 정맥 속에 주사바늘을 찔러 넣어 약액을 직접 혈관 속에 주입하는 방법. 약액이 1~2분 내에 심장을 거쳐 신체의 필요한 조직에 도달하므로 약효가 빨리 나타나고 또 그만큼 반응도 확실하게 나타난다.

그때마다 아프지 않게 하겠다고 했다.

그래서 제프는 병원을 믿지 않는다. 아니, 병원이라기보다는 그곳에서 근무하는 사람들을 믿지 못한다.

매번 하나도 안 아프게 해준다고 했지만 아프지 않은 적이 한 번도 없기 때문이다.

어쨌거나 제프는 현수가 긍정적인 답변을 해도 또 아플 것이라 생각하고 있다. 이런 속내를 모르기에 현수는 크게 고개를 끄덕인다.

"그래, 하나도 안 아플 거야."

"……!"

제프의 눈에서 불신의 빛을 느낀 현수는 눈빛을 반짝였다.

"만일 제프가 아프면 내가 아주 맛있는 거 사줄게."

"맛있는 거요?"

필라델피아 어린이병원에 입원해 있는 동안 정말 맛대가리 없는 음식만 먹었다.

사탕도, 아이스크림도, 과자도, 초콜릿도 먹지 못했다. 그런데 맛있는 걸 사준다니 관심이 가는 듯하다.

"그래, 조금이라도 아프면 맛있는 거 많이 줄 테니까 조금만 자. 알았지?"

제프와 눈높이를 맞춰주자 고개를 끄덕이며 새끼손가락을 내민다. 약속하자는 것이다.

제프 입장에선 밑져야 본전이기 때문이다. 현수는 웃는 낯으로 새끼손가락을 걸곤 나직이 중얼거렸다.

"슬립!"

샤르릉—!

말 떨어지기 무섭게 제프가 고개를 떨군다. 조심스레 눕혀 놓고 신발을 벗겼다. 작은 발이 드러난다.

"마나 디텍션!"

샤르르르릉—!

눈에 보이지 않는 마나가 제프의 체내로 스며든다. 그리곤 현재의 몸 상태에 대한 보고를 시작한다.

우선 정상인에 비해 마나 농도가 형편없이 낮다.

정상인이라 하더라도 아르센 대륙인과 지구인을 비교해 보면 거의 20 : 1 정도로 희박하다.

이를 면역력에 대입하여 생각해 보면 아르센 대륙 사람들이 지구인에 비해 월등하다는 것을 의미한다.

그런데 제프는 그렇게 거의 없는 지구인의 20분의 1 정도밖에 마나가 없다. 아르센 쪽과 비교해 보면 400분의 1이다.

이쯤 되면 아주 없는 거나 마찬가지이다.

게다가 몇몇 곳에 집중적인 문제점이 있는 게 아니다.

신체의 모든 기능이 상당히 저하된 상태이다. 이 상태라면 오래지 않아 목숨을 잃을 수 있음을 의미한다.

"흐음! 상당히 진행된 모양이군. 일단 마나포션이 필요해. 아공간 오픈!"

삼각플라스크에 든 마나포션 반병을 조심스레 먹였다. 아직 아이인지라 한 병을 다 먹이는 건 과하기 때문이다.

잠시 마나포션이 체내로 스며들도록 기다려 주었다.

"마나여, 모든 걸 원상으로……! 리커버리!"

샤르르르르룽—!

눈에 보이지 않는 서늘한 마나가 제프의 체내로 스며든다. 그러자 마나포션과 시너지 효과를 일으키며 저하된 신체 기능을 하나하나 되살리기 시작한다.

제프가 걸린 급성 림프모구 백혈병(Acute lymphoblastic, ALL)은 림프모구가 과다해지는 암이다.

이로 인해 골수 안에서 정상적인 세포가 손상을 입어 죽음의 원인이 되기도 한다.

마나포션은 먼저 체내의 기력을 획기적으로 상승시켰다.

리커버리 마법은 손상된 세포 및 장기들의 망가진 회로를 수리하여 정상 작동되도록 하고 있다.

이렇게 약 20여 분이 흘렀다.

"마나 디텍션!"

다시 한 번 제프의 체내로 마나가 스며든다. 아까완 달리 막힘없이 쑥쑥 지난다.

"흐음! 다행이군."

현수가 최종적으로 중얼거린 말이다.

"바디 리프레쉬! 어웨이크!"

샤르르릉—!

두 줄기 마나가 제프의 체내로 스며든다.

바디 리프레쉬 마법은 체내에 축적된 피로 물질을 순식간에 분해해 버렸다.

"하으음!"

하품과 동시에 눈을 뜬 제프는 잠시 눈을 깜박인다. 무엇을 하는 중이었는지를 떠올리려는 것이다.

"제프, 잘 잤어?"

"…아, 성자님."

제프는 이곳까지 오는 동안 누구에게 치료를 받게 될 것인지에 대한 이야기를 들었다. 특별히 신성한 사람을 만나게 됨을 알려 희망을 갖게 하기 위함이다.

그렇기에 제프는 현수가 코리안 빌리지의 성자라고 알고 있다.

"그렇게 부르지 말고 현수 아저씨라고 불러."

현수가 부드러운 미소를 짓자 제프는 눈을 크게 뜬다.

"아저씨요?"

CHAPTER 03
아저씨라고 불러

전능의팔찌
THE OMNIPOTENT
BRACELET

　현수는 방금 아저씨라는 의미의 프랑스어 tonton(통통)이
라는 어휘를 썼다. 이 단어는 원래 가족관계상 삼촌에게만 쓰
이는 단어이다. 주로 아이들이 쓰는 말이다.

　그런데 요즘엔 그 쓰임이 확장되어 가족관계가 아니더라
도 '친밀한 남자 어른'에게 쓸 수 있다.

　그런데 제프는 이를 알지 못한다.

　제프에게 있어 '통통'이란 진짜 삼촌을 이르는 말이다. 주
변엔 그렇게 부를 만한 존재가 없기 때문이다.

　절대 권력자의 아들인지라 제프보다 훨씬 나이가 많은 어

른이라도 그렇게 부르라고 할 수 없었던 것이다.

참고로, 한국산 파이류 과자 중에 '몽쉘통통' 이란 것이 있다. 프랑스어로는 'mon cher tonton' 이다.

이것의 뜻은 '존경하는 나의 아저씨' 라는 의미이다. 과자 이름치고는 참으로 해괴하다 하지 않을 수 없다.

과자라 해놓고 질소를 파는 회사이니 이런 이상한 이름을 붙이는 듯하다.

어쨌거나 현수는 제프에게 부드러운 미소를 지어 보였다.

"그래, 아저씨라 불러도 된다."

가에탄 카구지는 콩고민주공화국의 내무장관이다. 나중엔 대통령을 하게 될지도 모른다. 한마디로 고관대작이다.

현재의 현수는 이실리프 자치령의 주인이다.

남들이 보기엔 대등하다 여길 수 있으나 실제는 아니다.

현수는 지구에 단 하나뿐인 마법사이다. 이것 하나만으로도 대단한 존재라 할 수 있다.

게다가 이제 겨우 파이어 애로우나 아이스 볼트를 쓸 수 있는 저서클 마법사가 아니다.

마법사들이 널려 있는 아르센 대륙에서도 역사상 단 한 번도 존재하지 못한 10서클 마스터이다.

게다가 20m짜리 검강을 시전할 수 있는 그랜드 마스터이며, 화살촉에 오러를 실을 수 있는 보우 마스터이기도 하다.

아울러 물, 바람, 불, 땅의 4대 정령을 부리는 정령사이기도 하다. 그것도 최상급 정령이니 누군가의 말처럼 거의 정령신에 가까운 존재이다.

따라서 제프에게 아저씨라 부르라는 건 많이 봐준 셈이다. 어쨌거나 제프는 눈빛을 반짝인다.

없는 삼촌이 하나 생기는 것이기 때문이다.

"정말 그렇게 불러도 되요, 통통?"

"그래. 앞으로도 쭈욱 통통이라 불러."

"헤헤! 좋아요. 근데 나 자는 동안 뭐 했어요?"

"뭐 하긴, 제프가 아프다 해서 고쳐줬지. 어때, 하나도 안 아팠지?"

"…정말요?"

제프는 아까와 조금도 달라지지 않은 침들을 보며 의아한 표정을 짓는다. 사용한 것 같지 않아서이다.

제프의 시선을 따라 본 현수는 환히 웃었다.

"오는 동안 들었겠지만 이 아저씨는 못 고치는 병이 없단다. 제프가 자는 동안 어떤지 봤더니 큰 병이 아니었어. 그래서 여기 있는 이 침 하나로……."

현수는 말을 하며 자연스레 침 하나를 뽑아 들었다. 그리곤 그걸로 자신의 손등을 찌르는 듯한 동작을 취했다.

"이걸로 이렇게 제프의 손등을 살짝 찔렀어."

제프는 얼른 제 손을 살펴본다. 그런데 아무런 흔적도 없다. 찌르지 않았으니 당연한 일이다.

"…정말요? 그랬더니요?"

"그랬더니 다 나았지. 어때? 기운이 좀 나?"

"네? 정말요?"

눈을 크게 뜬 제프는 믿을 수 없다는 표정을 짓는다.

그러다 문득 자신의 컨디션이 상당히 좋다는 걸 깨달은 모양이다.

"어라? 아, 아픈 게 없어졌어요."

간혹 느껴지던 통증이 기억나지 않을 만큼 너무도 멀쩡하다. 그렇기에 제프는 제 몸 여기저기를 만져본다. 꿈인가 생시인가 하는 모양이다.

"제프는 이제 다 나았으니까 친구들하고 같이 공도 차고 그러면서 놀아."

"정말요? 정말 애들하고 축구해도 돼요?"

그동안 제프가 가장 하고 싶던 게 바로 축구이다.

전에도 축구를 좋아하기는 했지만 결정적인 것은 현수가 일본 사회인축구팀을 박살낸 경기였다.

제프는 'Dieu du football(축구의 신)'이라 불리는 현수의 모습을 보곤 홀딱 반했다.

특히 현수가 드리블을 할 때 일본팀 수비수들이 마치 제풀에 쓰러지는 것 같은 모습을 인상 깊게 보았다.

당연히 자신도 그렇게 하고 싶어한다.

"그럼. 얼마든지 그래도 되지. 근데 조심해야 하는 거 알지? 그동안 제프는 운동 부족 상태라서 뼈가 약해. 그러니까 조심해야 해."

말은 이렇게 했지만 이제 제프는 마구 달려도 된다. 리커버리 마법의 효능으로 뼈의 상태가 나아지는 중이기 때문이다.

"네, 통통!"

"하하! 녀석, 그나저나 침 맞느라 고생했으니 아이스크림 하나 주지."

현수는 가방 속에서 붕어 사만코 두 개를 꺼냈다.

"자, 같이 먹자."

포장을 벗겨주자 제프는 고개를 갸우뚱거린다. 아이스크림이라고 했는데 아닌 것 같아서이다.

"에이, 이건 아이스크림이 아닌데요?"

"후후, 과연 그럴까?"

현수는 피식 웃으며 한입 크게 베어 물었다. 아이스크림과 단팥의 맛, 그리고 과자의 맛까지 한꺼번에 느껴진다.

베어 문 단면을 보여주자 제프의 눈이 커진다. 안에 든 게 아이스크림이 맞는 것 같아서이다.

정말 그런지 확인하려는 듯 얼른 한입 베어 문다.

"…으읏! 우와아! 정말 맛이 있어요!"

콩고민주공화국 소년의 입에 한국산 아이스크림이 들어갔다. 무슨 말이 필요하겠는가!

제프는 콱콱 씹어 삼키곤 또 한입 베어 문다. 붕어 사만코 하나가 없어지는 데 걸린 시간은 불과 이삼 분이다.

"어때? 맛이 괜찮았어?"

"네, 통통!"

"하하! 녀석. 그나저나 이제 슬슬 나가볼까? 밖에서 엄마, 아빠가 기다리실 테니."

"네, 통통!"

잠시 후 문이 열렸다. 기다렸다는 듯 가에탄 카구지 부부가 다가선다. 시선이 마주쳤지만 묻지는 않는다. 이미 늦었다는 이야기가 나올까 두려워서이다.

현수는 불안, 초조해하는 부부를 보며 입을 열었다.

"제프야!"

"네, 통통."

현수의 뒤쪽에 숨어 있던 제프가 얼굴을 삐죽 내민다. 아주 밝은 표정이다.

"제, 제프야……! 괘, 괜찮아? 응? 아픈 덴……?"

"엄마, 나 하나도 안 아파. 여기 있는 통통이 아픈 거 다 낫게 해줬어."

"…고맙네!"

가에탄 카구지의 눈에 감사의 빛이 가득하다.

눈에 넣어도 아프지 않을 막내아들을 죽음의 문턱에서 빼왔으니 당연한 일이다.

"여기에 의료원이 생기면 제프 같은 아이들을 더 많이 구해낼 수 있을 겁니다."

"알겠네! 최우선적으로 처리하지! 그건 그거고, 정말 고맙네! 정말 고마워!"

장관의 눈엔 눈물이 글썽이고 있다. 냉정해야 하는 정치인이 아니라 한 아이의 아빠로서 서 있기 때문일 것이다.

*　　*　　*

"흐음! 덕분에 일이 조금 빨라지겠네. 그나저나 이준섭 전무가 많이 바쁘겠네."

나직이 중얼거린 현수는 탁자 위에 놓인 잔을 들었다. 몸에 좋은 사과주스가 담긴 것이다.

자가용 제트기가 킨샤사를 떠나 모스크바로 향하기 직전 현수는 한 통의 전화를 받았다. 가에탄 카구지가 건 것이다.

오늘 콩고민구공화국 정부는 현수에게 저택 인근 부지 20㎢를 무상으로 기증하는 것을 만장일치로 의결했다.

이실리프 의료원과 이실리프 테마파크, 그리고 부속 시설 등이 조성될 부지이다.

국가 차원에서 준비해도 시원치 않을 일을 개인이 자신의 재산으로 조성한다고 하니 얼른 의결해 준 것이다.

국무회의를 하는 동안 가에탄 카구지는 열변을 토했다.

이실리프 의료원 등의 설립이 왜 필요한지에 대한 이야기를 한 것이다. 처음엔 시큰둥한 표정을 짓던 국무위원들은 제프 이야기와 코리안 빌리지의 성자 이야기가 나오자 모두들 눈빛을 반짝였다.

제프가 아팠다는 것과 아디스아바바에 소재한 코리안 빌리지에 성자가 나타났다는 소문은 들은 바 있기 때문이다.

어쨌거나 가에탄 카구지는 국무회의에 참석하기 직전 비암바 마리 무톰보 병원으로부터 제프의 백혈병이 완치되었음을 확인한다는 확인서를 받아왔다.

그 장본인이 현수라 하자 모두들 놀라는 표정을 지었다.

소아암 관련 세계 1위 병원인 필라델피아 어린이병원에서도 손대지 못한 것을 완치시켰다는데 어찌 놀라지 않겠는가!

대통령은 곧바로 국무위원들의 의견을 물었고, 그 결과가 만장일치였던 것이다.

자가용 제트기의 유일한 승무원인 스테파니는 이러한 통화 내용을 모두 들었다.

하여 자축하라는 의미에서 주스를 내온 것이다.

"스테파니."

"네, 회장님."

"모스크바에 당도할 때까지 혼자 할 일이 있어."

"아, 그러세요? 알겠어요. 물러나 있을게요."

스테파니는 현수를 존경하고 있다. 아제르바이잔에서 벌어진 사건 때문만은 아니다.

엄청난 성취를 이루어냈고, 어마어마한 일을 벌이면서도 조금도 교만하지 않고, 늘 정중하면서도 유쾌하고, 자상하며 세심하니 이러는 것이다.

한때 미인계와 더불어 육탄 돌격까지 감행해 볼 것을 심각히 고려해 본 바 있다. 현수의 아내가 되면 정말 행복할 수 있을 것이라 생각한 때문이다.

하지만 지현과 연희, 그리고 이리냐를 보곤 마음을 접었다. 모두들 자신보다 한 수 위의 미모였으며, 마음씨가 비단결처럼 고운 여인들이었기에 미안한 마음이 들었던 것이다.

하여 시선을 돌렸다.

아제르바이잔으로 갈 때 현수의 곁에서 수행비서 역할을 한 구본홍 대리를 눈여겨보기 시작한 것이다.

생긴 걸로만 따지면 현수에 뒤지지 않는다. 둘 사이엔 많은 격차가 있지만 구본홍 대리는 총각이다.

그리고 자신과의 썸씽을 간절히 바라는 듯하다. 수시로 곁눈질하는 것만 봐도 알 수 있다.

하여 대화를 나눠봤다. 문제는 언어였다. 간절한 마음이 있는 것 같기는 한데 둘의 영어 실력은 별로였기 때문이다.

하여 구본홍 대리는 귀국 즉시 독일어를 배우기로 했다. 스테파니도 한국어 교습을 결심했다.

독일어와 한국어로 의사 표현을 할 수 있을 때까지는 영어를 쓰기로 했다.

방금 전 현수는 혼자만의 시간을 요구했고, 스테파니는 그 즉시 물러났다. 한국어 교본을 보고 싶어서이다.

어쨌거나 스테파니는 승무원만의 공간으로 들어갔다.

현수는 기체의 내부를 눈짐작으로 계산해 보았다.

이제부터 앱솔루트 배리어와 타임딜레이 마법을 구현시켜야 하기 때문이다.

"흐음! 규모를 줄여야겠군."

앱솔루트 배리어가 구현되면 기체 바깥까지 영향을 받는다. 공항에 계류 중이라면 모를까 지금은 비행 중이다.

현수는 복잡한 계산을 시작했다.

마법 구현 범위를 축소시키려는 것이다. 범위를 늘이고 줄이는 것은 생각보다 어려웠다.

하여 상당히 길고 복잡한 계산을 해야 했고, 검산 또한 쉽지 않았다. 하지만 현수의 IQ는 인류 최고이다.

어렵고 복잡한 계산이었지만 결국엔 해냈다.

"앱솔루트 배리어!"

샤르르르릉—!

구현된 결계의 크기는 이전에 비해 월등히 줄어들었다.

투명하기에 답답함은 덜할 것이고, 공기가 통하니까 호흡 곤란과 같은 불편함은 없을 것이다.

"타임 딜레이!"

또 하나의 마법이 구현되자 결계 내외부의 시간 흐름에 왜곡이 발생된다. 1 : 180이다.

결계 안으로 들어간 현수는 이전에 구상하던 마법에 관한 연구를 계속하였다.

하나는 중력과 관련된 마법이다. 중력을 조절하여 어떤 물체를 원하는 높이까지 올려놓는 것이다.

대한민국은 인공위성 제작 기술은 어느 정도까지는 되어 있지만 이를 궤도에 올려놓는 기술은 아직 없다.

한국이 우주 강국이 되려면 발사장과 인공위성, 그리고 로켓이라는 기본 요건이 자립되어 있어야 한다.

이 중 하나라도 자체 기술을 보유하고 있지 않으면 우주 개발에 있어 자립국가라고 볼 수 없다.

2014년 현재 위성 자립도는 위성체 부분에서 평균 70%, 위성 활용 부분에선 평균 68.6%이다.

발사체 기술 수준은 세계 최고 기술을 보유한 미국과 비교해 69%라 평가받고 있다.

문제는 나머지 31%가 로켓 개발에 있어 핵심적인 기술이라는 것이다. 다시 말해 가장 중요한 부분이 부족하다.

한국의 우주개발사에 있어 지난 2013년에 있던 나로호 발사 성공은 한 획을 긋는 중요한 사건인 것만은 분명하다.

총 11번의 시도 끝의 성공이다.

하지만 지구의 중력을 박차고 우주로 나가는 힘의 대부분을 내는 1단 액체 연료 로켓은 러시아산이다. 러시아가 차세대 우주로켓으로 개발 중인 앙가라 로켓의 1단과 같은 것이다.

따라서 나로호는 우주로 쏘아 올렸지만 한국이 자력으로 위성을 올렸다고 보기는 힘들다.

한국도 1990년부터 독자적인 로켓 개발을 했다.

하지만 북한의 대포동 로켓 발사 이후 정치권의 압박이 있어 개발을 포기한 결과이다. 아무튼 정부는 2021년으로 계획된 3단형 한국형 발사체(KSLV-Ⅱ) 개발 예산으로 1조 5,449억 원을 책정했다.

이 돈으로 성공할지의 여부는 그때 가봐야 알 일이다.

또 정치권이 딴죽을 걸거나 훼방하는 뻘짓을 한다면 들어간 돈은 모두 휴지가 되고 실패하게 될 것이다.

아무튼 현수가 중력 조절 마법을 구상하는 이유는 한국이 절실하게 필요로 하는 첩보위성을 염두에 둔 때문이다.

참고로 대한민국은 현재 미국의 간섭 때문에 일본과 지나, 그리고 북한조차 보유하고 있는 첩보위성이 없다.

이것 이외에도 콩고민주공화국과 러시아, 그리고 몽골에 조성되고 있는 이실리프 자치령에서도 위성을 필요로 하기 때문이다.

각각이 대한민국보다 넓은 지역이고, 150~200년간 하나의 국가 체제를 갖추게 될 것이다.

따라서 기상관측을 위한 위성도 필요하고 통신용 위성도 있어야 한다.

이 밖에 방송, 항법, 과학을 위한 것도 갖춰야 한다. 아울러 첩보 및 군사용 위성도 필요하다.

이실리프 자치령이 성공적으로 조성되고 막대한 부를 얻을 때쯤 되면 누군가의 공격이 있을 수도 있기 때문이다.

엄청난 돈을 들여 만든 것을 맥없이 빼앗길 수는 없다.

각각이 어느 국가의 일부분이기에 자체 군대를 양성할 수는 없다. 이는 조약서에 명문화되어 있다. 그렇다 하더라도 대비하지 않으면 안 된다.

따라서 최소한의 경비 태세는 갖춰야 한다.

현수는 공격용 인공위성을 궤도에 올려놓을 생각이다.

미국은 레이건 행정부 때부터 '신의 회초리(The cane from God)'와 '신의 막대기(Rods from God)'라는 차세대 우주병기를 계획한 바 있다. 너무 많은 비용이 들어 현재는 개발이 중단되어 있는 것으로 알려져 있다.

신의 회초리는 아주 강력한 전자기파를 모아서 쏘는 것이다. 이것이 발사되면 단 1초 만에 목표 지점 반경 10㎞ 이내의 모든 인간이 말살되며 건물 또한 붕괴된다.

너무 빨라 피할 여유도 없는, 그야말로 최종 말살 병기이다.

한편, 신의 막대기라 불리는 우주병기는 100㎏짜리 텅스텐 막대를 떨어뜨리는 것이다.

우주로부터 자유 낙하한 이것은 중력 가속도 덕분에 점점 속도가 높아지게 된다. 하여 이것이 지구에 떨어지는 순간 핵폭발에 버금갈 파괴력을 보일 것으로 예상된다.

전문가의 예상은 거의 20㎏짜리 전술핵[9]과 맞먹는 수준이라 한다. 과학으로 9서클 궁극 마법인 미티어 스트라이크를 구현해 내는 것이다.

참고로 1945년에 히로시마에 투하된 원폭은 15㎏짜리였다. 이것이 투하된 직후 7만 명이 초기 폭발로 인해 사망하였다.

이후 방사능 피폭으로 다시 7만 명 정도가 사망하였으며, 현재까지도 방사능 오염으로 인한 사망과 질병이 이어진다.

---

9) 전술핵(Tactical Nuclear) : 소규모 국지전에서 사용하는 핵. 군사 목표를 공격하기 위한 것으로 야포와 단거리 미사일로 발사할 수 있는 핵탄두, 핵지뢰, 핵기뢰 등이 포함됨. 위력의 크기는 상황과 사용 목적에 따라 다르나 통상 20㎏ 이하.

현수가 궤도에 올려놓으려는 위성엔 지상 공격용 신의 막대기뿐만 아니라 다른 위성을 무력화시키는 마법진이 그려질 예정이다.

미국이 신의 막대기 계획을 보류한 것은 너무나 많은 비용이 들어서이다. 하지만 현수의 위성은 발사체가 필요 없다.

다시 말해 궤도에 올려놓는 데 드는 비용이 제로이다. 그러므로 신의 막대기는 가능한 많이 장착될 것이다.

10,000개쯤 올려놓으면 20kt짜리 전술핵 10,000기를 보유한 것과 같으니 누군가 도발한다면 강력하게 응징할 수 있게 된다.

참고로 일본의 인구는 약 1억 2,700만 명이다.

전술핵 수준의 우주병기 하나당 1만 2,700명을 사망에 이르게 한다면 일본은 전멸이다.

이처럼 핵무기에 버금갈 위력을 가졌지만 방사능 오염의 위험이 전혀 없으며 요격이 불가능하므로 상대는 아주 곤혹스러울 것이다.

다음은 지상이 아닌 다른 위성에 대한 대비이다.

이실리프 자치령을 공격하려 하거나 공격하는 국가가 있으면 먼저 그 나라의 모든 위성의 위치를 파악할 것이다.

레이더뿐만 아니라 메탈 디텍션 마법 또한 동원된다.

그렇게 찾아낸 적국의 위성은 라이트닝 마법으로 단숨에

고철로 만들어 버린다.

적국의 위성이 방송용이든, 기상관측용이든 개의치 않고 모조리 없애서 눈과 귀를 막으려는 것이다.

다음은 신의 막대기를 동원한 공격이다. 10,000개의 텅스텐 탄심이 만들어내는 재앙은 지구의 종말을 상상케 할 것이다.

문제는 이실리프 자치령에서 인공위성을 쏘아 올릴 때마다 미국, 일본, 지나 등의 간섭이 있을 수 있다는 것이다.

지난 2012년, 북한은 지구 관측 위성인 광명성—3호 위성을 발사하겠다고 발표한 바 있다.

이것은 우주에서 북한 지역의 산림자원 분포 정형과 자연재해 정도, 그리고 알곡 예정 수확고 등을 판정하고 기상 예보와 자원 탐사 등에 필요한 자료들을 수집한다고 하였다.

정리하자면 광명성—3호는 기상 예보와 자원 탐사가 목적인 위성이다. 그런데 미국 국무부 대변인은 다음과 같은 대변인 성명을 발표하였다.

"북한의 미사일 발사 계획은 국제적 의무를 직접 위반한 것으로 매우 도발적이다."

일본 역시 방위상 성명을 발표한 바 있다.

"자위대에 파괴 조치를 명령하는 것을 검토하고 있다."

유럽연합 외교안보 고위대표 역시 성명을 발표했다.

"만약 북한이 장거리 로켓 발사를 강행한다면 이는 유엔안 전보장이사회 결의안에 위배되는 행위이다."

당시 북한이 발사하려는 것은 탄도미사일이 아닌 인공위 성이었다. 그런데 일각에선 인공위성 대신 핵탄두를 장착하 면 탄도미사일과 똑같다는 주장을 했다.

하지만 이는 어디까지나 가정일 뿐이다. 이를 명분으로 적 대 국가라 할지라도 인공위성 발사를 금지할 수는 없다.

어쨌거나 이실리프 자치령은 국가가 아니다. 따라서 국제 협약을 성실히 준수해야 할 아무런 이유가 없다.

국제사회에서 국가 대접을 받는 일원이 아니기 때문이다.

그럼에도 위성을 발사하겠다고 하면 색안경을 끼고 볼 것 이다. 현수가 북한과 합작하는 일이 많기 때문이다.

예를 들어, 에티오피아와 몽골에 놓일 철로 위엔 북한에서 제조할 열차가 달리게 될 것이다.

대한민국에서 생산되는 열차는 내수를 충당하고, 콩고민 주공화국 지역 자치령에서 필요로 하는 것을 충족시키기에도 바쁠 것이기 때문이다.

그렇기에 러시아와 우간다, 케냐의 자치령에선 러시아에서 제작한 열차가 사용될 것이다.

어쨌거나 방위사업체인 세트렉아이와 퍼스텍을 인수했으니 인공위성을 제작하는 일은 어렵지 않을 것이다.

각각의 용도에 맞는 위성을 제작한 후 하나하나 궤도에 올려놓으려면 여러 가지 공부를 해야 한다.

우선은 정지궤도 위성, 저궤도 위성, 극궤도 위성, 타원궤도 위성에 관한 것이다. 다음은 용도별 위성에 대한 학습이 필요하다.

하여 아공간 속의 책들을 꺼내 탐독을 시작했다.

전문 서적을 모두 읽은 뒤엔 일본과 지나, 그리고 미국의 록히드 마틴에서 수집해 온 각종 자료를 읽어보았다.

이 과정에서 일본과 지나가 상당히 많은 스파이를 동원하고 있음을 알 수 있었다.

일본과 지나뿐만 아니라 미국, 독일, 영국, 프랑스, 러시아 등의 정보도 상당히 많았던 것이다.

굳이 둘을 놓고 비교하자면 일본보다 지나가 더 많은 자료를 갖고 있었다. 이는 지나가 더 많은 스파이를 동원하였음을 의미한다.

아무튼 상당히 방대한 내용과 양이다. 하지만 해야만 할 일이므로 재미없어도 참고 자료 속 내용을 숙지했다.

머리가 좋기에 읽는 대로 뇌리에 기억되는 것은 좋지만 한꺼번에 너무 많은 정보가 입력되자 부하가 걸리는 듯하다.

"하으음!"

한동안 모니터에서 시선을 떼지 않던 현수가 기지개를 켠다. 한 자세를 오랫동안 유지하고 있으니 몸이 찌뿌듯해서이다.

"이번엔 다른 걸 볼까?"

말을 하며 바깥쪽 시계를 보니 네 시간이 지나 있다. 바깥 시간이 이러하니 결계 내부에선 30일이나 지난 셈이다.

현수는 한 달 동안 먹고 마시고 용변을 해결했지만 수면은 취하지 않았다. 전능의 팔찌 안쪽에 새겨져 있는 바디 리프레쉬 마법진 때문만은 아니다.

여러 차례 바디 체인지를 겪으면서 피로가 쌓이지 않는 신체가 된 결과이다. 다시 말해 현수는 굳이 수면을 취하지 않아도 피로 물질들이 축적되지 않는다.

어쨌거나 한 달 내내 책과 모니터만 들여다봤으니 현수의 집중력은 참으로 대단하다 할 수 있다.

잠시 기지개를 켜곤 다이어리를 꺼냈다. 모스크바에 당도하면 해야 할 일 가운데 하나가 방금 추가된 때문이다.

"이번엔 뭘 보지? 아참, 그거! 이실리프 오픈!"

말 떨어지기 무섭게 이실리프 마법서가 허공에 둥실 뜬다.

지금부터는 매직 미사일과 블링크, 또는 텔레포트 마법의 융합 작업을 하려는 것이다.

지나에서 파견한 흑룡은 참으로 성가신 존재이다.

임무에 성공할 때까지는 일체의 연락도 끊고 표적에 집중하는 스타일이다. 게다가 저격을 하면 그 즉시 자리를 뜬다.

문제는 할리 데이비슨 같은 고성능 오토바이를 이용하여 도주하기에 추격이 어렵다는 것이다.

그렇다 하여 저격소총의 사정거리 범위 전체에 경호원을 배치할 수도 없다. 그러기엔 인력과 비용이 너무 많이 듦으로 비효율적이기 때문이다.

흑룡을 그냥 놔두면 주변 사람들을 미끼로 삼을 확률이 매우 높다. 특히 지현이 아주 위험해질 수 있다.

따라서 빠른 시일 내에 처리해야 한다. 하여 정신을 집중하여 두 마법의 융합을 시작하였다.

당연히 쉽지 않다.

각기 다른 체계의 마법이기 때문이다. 하여 하나가 해결되면 다른 하나의 문제점이 발생되곤 하였다.

하지만 정신일도 하사불성(精神一到何事不成)이라는 말이 괜히 있는 게 아니다.

어렵게 실마리를 잡고는 집중하여 파고드니 서서히 해결책이 보이기 시작한다. 현수는 더욱 집중하여 두 마법의 효과적인 융합 방법을 모색하였다.

하지만 완성을 보진 못했다. 곧 노보로시스크에 당도할 것이라는 윌리엄 기장의 안내 방송 때문이다.

원래의 목적지는 모스크바였으나 지르코프를 본 지 오래되었다는 생각에 가는 길에 들러보려는 것이다.

아무튼 서둘러 결계를 해제시키자 스테파니가 생긋 웃으며 나온다.

조금만 늦었어도 결계에 부딪칠 뻔한 순간이었다.

"회장님, 곧 착륙한다는 방송 들으셨지요?"

"그럼!"

"좌석으로 가서 안전띠를 매주세요."

"알았어."

시키는 대로 하지 않으면 잔소리를 퍼부을 기세이기에 얼른 돌아가 안전띠를 매고 얌전히 기다리고 있어야 한다.

'에이, 텔레포트로 돌아다니는 것이 훨씬 더 편한데.'

이동할 때마다 꼼짝없이 비행기 속에 오랜 시간 동안 머물러야 하는 것이 불편하다.

오늘처럼 결계를 치고 들어가 마법을 연구한다든지 자료를 검토할 수 있다면 그나마 괜찮다.

일행이 있으면 그런 것 없이 좌석에 앉아 있어야만 한다.

피곤함이라는 것을 느끼지 못하는 현수이기에 고역이라면

고역이다. 하여 불편함을 느끼며 속으로 투덜거리는 동안 자가용 제트기는 노보로시스크 공항에 안전하게 착륙하였다.

잠시 진동이 느껴졌다. 이때 기내 방송이 있다.

"회장님, 기장입니다. 착륙하였으니 내리셔도 됩니다."

월리엄 기장의 말이 떨어지자 스테파니가 문을 연다.

"회장님, 잘 다녀오세요."

문 앞에서 스테파니가 한 말이다.

기장과 승무원인 월리엄과 스테파니는 이 공항에 있는 호텔에 머물 예정이다. 언제든 출발할 수 있도록 만반의 준비를 갖춰야 하기 때문이다.

"다음 목적지는 모스크바라는 거 알지?"

"그럼요. 준비해 놓을게요. 근데 다음번 기내식은 뭐로 준비할까요?"

"라클레테와 퐁뒤 어때?"

라클레테는 삶은 감자에 녹인 치즈로 맛을 낸 것이며, 퐁뒤는 긴 꼬챙이에 음식을 끼운 뒤 녹인 치즈나 소스에 찍어먹는 것이다. 둘 다 스위스 사람들이 좋아하는 음식이다.

"네, 준비해 놓을게요."

스테파니는 환한 웃음으로 현수를 배웅했다.

CHAPTER 04
높아진 위상

전능의팔찌
THE OMNIPOTENT
BRACELET

"손님, 어디로 모실까요?"

"이든 호텔로 가주세요."

"네, 알겠습니다."

이든 호텔은 현수가 이곳 노보로시스크에 처음 왔을 때 머물던 곳이며, 이리냐가 되지도 않는 육탄공세를 펼치려다 슬립 마법 한 방에 곯아떨어진 곳이기도 하다.

그리고 평생 처음으로 샤실릭과 뻴메니, 그리고 샤우르마와 블린, 보르쉬, 솔랸카, 흑빵 등을 먹어본 곳이기도 하다.

택시는 쉼 없이 달려 현수를 목적지에 내려놓고는 휑하고 가버렸다.

기사는 현수의 러시아어가 너무나 유창하여 외국인이라는 생각을 아예 못한 듯 별다른 말조차 건네지 않았다.

"어서 오십시오, 손님. 어떻게 오셨는지요?"

"숙박하려구요."

"아, 그렇습니까? 저희 호텔을 방문해 주셔서 감사합니다. 그런데 전에 한번 오시지 않았습니까?"

"네, 왔었지요. 작년 7월에 왔는데 절 기억하시는군요."

"당연하지요. 이렇게 다시 와주셔서 감사합니다. 전에 머무셨던 룸이……."

잠시 말을 끊고는 모니터를 바라본다. 손님들에 대한 무언가를 메모해 둔 듯싶다.

"아! 지르코프 사장님의 손님이셨군요. 전에 머무시던 방을 다시 쓰시겠습니까?"

"그러지요."

현수가 건넨 여권을 받은 안내 직원은 더 볼 것도 없다는 듯 뭔가를 입력하곤 곧바로 카드키를 꺼내 든다.

"제가 모셔도 되겠습니까?"

"네, 그래주십시오."

현수가 흔쾌히 고개를 끄덕이자 직원은 안내 데스크에서 나와 앞장선다.

"그런데 짐이 없으십니다."

"네, 하루만 머물고 모스크바로 가야 해서요."

"아, 그러십니까? 이곳에 오실 땐 어느 항공을 이용하셨는지요?"

현수는 이 호텔의 VVIP로 등록되어 있다.

귀빈이 어떤 항공사를 이용하는지를 알면 조금 더 나은 서비스를 할 수 있기에 물은 말이다.

"자가용을 타고 왔지요."

"…자가용이요?"

보아하니 기종이 뭔지 궁금해하는 것 같다. 이쯤 되면 몇마디 더 한다 해서 손해 볼 일은 없다.

"에어리언 슈퍼소닉(Aerion SuperSonic)이라는 겁니다."

"네? 그, 그게 손님의 자가용이란 말씀이십니까?"

지금은 호텔에서 근무하지만 이 직원의 꿈은 비행기 조종이다. 하여 놀랍다는 표정이다. 현수의 자가용 제트기가 어떤 것인지 잘 알기 때문이다.

이 세상에 860억 원짜리 자가용을 타는 사람이 과연 몇이나 되겠는가!

"네, 그래서 짐은 없어요. 거기에 다 있거든요."

"아, 그렇군요."

잠시 후 현수를 스위트룸까지 안내한 안내 데스크 직원은 깍듯하게 예를 갖춘다.

"편히 쉬십시오, 손님! 저희가 지르코프 사장님께 연락을 드려도 될까요?"

"그래줄래요?"

지르코프를 만나기 위해 왔으니 마다할 일이 아니다. 현수가 흔쾌히 고개를 끄덕이자 안내 데스크 직원이 웃는다.

지르코프에게 귀빈이 왔음을 알리는 것만으로도 큰 점수를 따는 게 되기 때문이다.

"참, 이거……."

현수는 지갑 속에서 지폐 한 장을 꺼내 건넸다. 100달러짜리이다.

외국 화폐라곤 이것밖에 없어서 건넨 것이다.

"…감사합니다, 손님! 정말 감사합니다!"

역시 통 큰 손님이라 생각한 안내 데스크 직원은 얼른 받아 챙기며 고개를 조아린다.

안내 데스크 직원의 급여는 월 18,000루블이다. 한화로 약 70만 원이다. 그런데 100달러를 팁으로 받았다.

고작 방까지 안내해 주고 문을 열어준 게 전부이다. 그렇기에 즉각 감사 표시를 하는 것이다.

객실 안으로 들어선 현수는 예전의 일을 떠올렸다.

이리냐가 처음 미스트르 킴(Мистер Ким)이라 부르던 때가 생각난다.

다니던 학교의 등록금을 내기 위해 자신의 처녀성을 팔겠다고 나왔던 날이다. 그때 대학을 졸업하면 모델이 되고 싶다고 했는데 이미 그 꿈을 이룬 것 같다.

쉐리엔이라는 전 세계적인 히트상품의 광고모델이 되었으며, 그에 못지않은 이실리프 어패럴의 항온의류 모델로도 활동 중이다.

현재는 기획단계에 있지만 조만간 지현과 더불어 슈피리어 듀 닥터의 메인모델로 활동하게 된다.

국내용 브로셔와 CF엔 지현이 등장하지만 해외용 브로셔엔 이리냐가 메인 모델이다. 그 결과 세계적인 탑 모델인 미란다 커나 지젤 번천보다도 훨씬 더 유명해진다.

당연히 섭외 문의가 끊이지 않게 되지만 대부분 거절한다. 그런 걸 하고 있을 시간적 여유가 없기 때문이라기보다는 현수의 곁에 머물기를 원하기 때문이다.

그 결과 이리냐의 몸값은 점점 더 높아만 간다. CF 제의를 거절하는 걸 일종의 신비주의 전략으로 여기기 때문이다.

이리냐가 광고한 상품은 모두 공전절후한 대히트 상품이다. 그리고 모두가 세계 유일의 제품들이다.

항온의류와 쉐리엔, 그리고 슈피리어 듀 닥터와 똑같은 제품을 만들려는 노력은 전 세계적으로 시도되고 있다. 만들어낼 수만 있으면 돈 방석에 앉기 때문이다.

그중 가장 심한 곳이 지나이다.

짝퉁의 왕궁답게 가장 먼저, 그리고 가장 집요하게 세 상품과 똑같은 것을 만들려고 애를 쓴다. 하지만 이들 셋은 만들고 싶다고 해서 만들어지는 것이 아니다.

지구에 없는 물질이거나 마법진이 없으면 효능을 발휘할 수 없는 것들이기 때문이다.

하여 한국으로 수많은 산업 스파이가 들어온다.

그 결과 이실리프 어패럴과 이실리프 메디슨, 그리고 태을 제약 연구실로 숨어들다 잡힌 산업 스파이의 수만 300여 명을 상회하게 된다.

이쯤 되면 이들 세 상품은 복제 불가능이라는 판정을 내리고 포기할 만도 한데 지나에선 그러지 않는다.

더 많은 산업 스파이를 파견하는 한편, 유사 상표까지 만들어 짝퉁을 판매한다.

항온의류의 경우 제조원 '이실리프 어패럴'이라는 태그가 붙어 있다. 이걸 '이실러프 어패럴'이라는 상표를 붙여 판다.

물론 거의 유사한 이실리프 그룹의 로고가 들어가 있다.

쉐리엔은 '쉐리엔'이란 유사 상품이 만들어지고, 슈피리어 듀 닥터는 '슈피리어 듀 닥텨'라는 비슷한 이름의 화장품이 만들어진다.

셋 다 돈이 있어도 구하지 못하는 경우가 있는 상품들인지라 사람들은 얼씨구나 하고 산다. 그런데 짝퉁이 괜히 짝퉁이겠는가!

모두들 형편없는 품질에 울화통을 터뜨리게 된다.

그 결과 '메이드 인 지나(Made in China)'의 악명은 또 한 번 전 세계로 번져간다.

어쨌거나 이리냐가 광고한 상품들은 모두 세계 1위 제품들이다. 그 결과 이리냐의 지명도는 세계 최고이다.

북한은 물론이고 아프리카 오지에서도 알아볼 정도이다.

따라서 어떤 상품이든 이리냐가 나서기만 하면 엄청난 매출신장이 기대되기 때문에 섭외문의가 빗발치는 것이다.

"후후!"

이리냐가 누워 있던 침대를 본 현수는 실소를 머금는다. 아침에 깨어나 당황하던 그때의 표정이 너무도 귀엽다 느껴진 때문이다.

전날 밤 이리냐는 육탄돌격이라도 하여 현수와 썸씽을 만들었어야 했다. 그러기로 하고 지르코프에게 거액을 받았기 때문이다.

하여 샤워 후 속에 아무것도 입지 않고 가운만 걸치고 나왔다. 그런데 현수의 슬립 마법 한 방에 잠만 잤다.

아침이 되자 사색이 된 이리냐는 이렇게 말했다.

"사, 살려줘요. 그냥 나가면 난 죽을지도 몰라요. 흐흑! 미스트르 킴, 제발, 제발……! 흐흑, 흐흐흑!"

돈은 많이 받았는데 아무 일 없이 호텔을 나가면 그 즉시 머리에 바람구멍이 날지도 모른다는 극도의 공포로 인한 눈물이었다.

그때 현수는 이렇게 말하며 다독였다.

"이리냐, 지난밤에 아주 즐거웠어. 이리냐 덕분에 러시아에서의 밤이 아주 기분 좋았거든. 언제 이곳에 또 올지 모르지만 그때도 다시 봤으면 좋겠는데… 그때도 지르코프에게 연락하면 되지?"

그날의 일이 인연이 되어 현재는 사랑하는 아내가 되어 있다. 어찌 감개무량하지 않겠는가!

"그러고 보니 이리냐를 못 본 지 꽤 되었군."

나직이 중얼거린 현수는 커튼을 젖히고 창밖 풍경에 시선을 주었다.

이곳은 흑해 북쪽 해안 캅카스반도의 체메스만(灣)이 오목하게 들어간 곳에 있는 항만도시이다.

밀의 수출항으로 유명하며, 해군기지와 조선소, 그리고 냉동 공장과 곡물 창고, 송유관 터미널 등이 있다.

최근 러시아의 경기가 살아나서 그러는지 활기차 보이는 도시이다. 도로 위를 분주히 오가는 트레일러들을 보던 현수는 피식 실소를 머금었다.

이실리프 그룹의 로고가 그려진 컨테이너가 실려 있었기 때문이다. 보나마나 이실리프 어패럴에서 수출한 항온의류가 실려 있을 것이다.

지르코프는 항온의류 샘플을 처음 보는 순간 히트 상품이 될 것임을 단숨에 확신했다.

그렇기에 1차로 주문한 물량만 8,000만 벌이다.

수출 단가가 8만 원이니 무려 6조 4천억 원어치를 한꺼번에 주문한 것이다.

이실리프 어패럴에서 이실리프 무역상사로 넘기는 가격은 벌당 74,000원이다. 한 벌에 6천 원이 이득이다.

따라서 이실리프 무역상사는 수출 업무를 대행하는 대가로 무려 4,800억 원이나 번다. 현수를 제외한 임직원이 불과 26명인 회사이니 일인당 수익이 어마어마하다.

현수의 친구이자 복합운송주선업체 신세계마리타임의 사장인 김상렬도 돈을 번다.

지앙뤼지 아폰세 사장의 컨테이너 선사인 MSC사와 세바스티앙이 경영하는 프랑스 CMA사의 화물선을 이용하여 수출하면서 수수료를 받기 때문이다.

생산업체인 이실리프 어패럴도 당연히 이득을 취한다.

제 비용을 제하고 나면 벌당 8,000원이 순이익이니 무려

6,400억 원이 남는 장사이다.

현재에도 이실리프 어패럴의 박근홍 사장은 지르코프 상사에서 주문한 물량을 맞춰주려고 애를 쓰고 있을 것이다.

조만간 2차 주문이 있을 것이며, 이번엔 2억 벌이 주문 물량이다. 무려 16조 원어치를 더 팔게 되는 것이다.

그리고 계속해서 항온의류의 주문은 늘어나게 될 것이다.

쉐리엔의 유럽 판매권을 드모비치 상사에게 주었듯이 항온의류의 유럽 총판이 지르코프 상사가 될 것이기 때문이다.

현수가 이곳을 방문한 것은 몇 가지 이유가 있어서이다.

하나는 지르코프를 만나기 위함이다.

지르코프 상사에게 유럽 판매권을 부여하려는 것이다.

막대한 이익을 거두는 장본인은 지르코프이겠지만 실상은 알렉세이 이바노비치를 돕기 위함이다.

상트페테르부르크의 밤을 지배하던 서열 2위가 스스로 굴복했으니 더 이상 이룰 게 없어 보이지만 실제는 그렇지 아니하다.

마피아는 늘 끊임없는 피의 투쟁 속에서 생존해 왔다.

지금은 모두가 이바노비치 앞에 납작 엎드려 있지만 언제, 어디서, 누가, 어떤 도발을 할지 아무도 알 수 없다.

그런데 현수가 파악한 바에 의하면 지르코프는 야망이 크지 않은 인물이다.

그는 본시 러시아의 명문대학인 상트페테르부르크 의과대학을 졸업한 의사였다.

한국식으로 따지면 인턴과 레지던트 과정을 모두 이수하고 전문의가 되려는 때 부친상을 당했다. 그 후 부친의 뒤를 이어 마피아 단원이 되어 현재에 이르렀다.

원하던 의사 생활은 못하고 있지만 나름대로 현재의 상황에 자족해한다. 지금도 상당히 고위에 있기 때문이다.

세월이 더 흘러 자연스레 보스 중의 보스가 될 수도 있고, 그렇지 않고 그냥 늙어가도 불만이 없다고 했다.

이건 현수가 그로부터 직접 들은 이야기이다.

그때 지르코프는 자신이 오늘날과 같은 위치에 있도록 후원해 준 이바노비치에 대한 충성심을 이야기했다.

굳이 비교해 보자면 아르센 대륙의 군주를 보필하는 기사들의 그것과 유사하다.

다시 말해 지르코프는 이바노비치의 권력을 넘볼 생각이 조금도 없다.

따라서 지르코프가 당당하게 자기 위치를 지키고 있으면서 이바노비치를 향한 충성심을 보여주면 피의 투쟁은 벌어지기 어려울 것이다. 장차 이바노비치에 버금갈 막강한 부와 조직을 갖게 될 것이기 때문이다.

항온의류 유럽 판매권을 주려는 또 다른 이유는 인재가 필요하기 때문이다.

지르코프는 명문 중의 명문인 상트페테르부르크 대학교 출신이고, 이 학교 동문회에 빠짐 없이 참석하고 있다.

다시 말해 상당히 넓고 깊은 인맥을 가지고 있다.

현수는 보르자와 네르친스크 지역의 실카 강과 아르곤 강 사이 지역을 러시아 정부로부터 합법적으로 조차 받았다.

지난 3월 초, 모스크바를 방문한 현수는 이바노비치의 사위인 현직 판사와 검사를 만났다.

둘 다 승승장구하고 있었고 앞으로도 그럴 것임에도 둘 다 현수의 제안을 받아들였다.

현수는 조차지 개발 방향을 이들에게 이메일로 보내주었고, 지금쯤 열심히 사람을 모으면서 개발사업에 대한 청사진을 준비하고 있을 것이다.

본격적인 개발은 아직 이루어지지 않고 페이퍼 작업만 이루어지고 있다. 사람을 모으고 개발에 필요한 장비 등을 준비하는 일이 그것이다.

하지만 딱 하나, 현지 측량작업만은 쾌속으로 진행되고 있을 것이다. 이게 우선 되어야 나머지가 이루어지기 때문이다.

어쨌거나 이들 둘에게 모든 것을 일임할 경우 문제가 발생될 수 있다. 다 개발해 놓고 쿠데타 비슷한 일을 벌일 수 있는 것이다.

둘 다 이바노비치의 사위들이니 조직원을 동원할 수도 있고, 판사와 검사였으니 공권력을 이용할 수도 있다.

물론 푸틴과 메드베데프라는 절대 권력자가 있으니 공권력을 동원하는 건 거의 불가능할 것이다.

그랬다간 먼저 제거될 수도 있기 때문이다.

문제는 마피아 조직원들이다.

이들은 현수에 대하여 잘 모른다. 현수 덕에 조직이 원활하게 운영되고 점차 음지에서 양지로 나아가고 있다는 걸 아는 건 상위에 있는 극소수뿐이기 때문이다.

이들을 제어하는 데 필요한 인원이 지르코프 쪽 사람이라면 사전에 잡음을 제거할 수 있다. 같은 마피아 단원이지만 직접적으로 충성을 바치는 대상이 서로 다르기 때문이다.

지금은 아니지만 지르코프는 곧 이바노비치에 버금갈 자금과 조직력을 갖게 될 것이다. 물론 항온의류 덕분이다.

현수에 대한 고마움을 잊지 않을 것이므로 지르코프와 손을 잡는 건 안전핀을 두어 개쯤 더 준비하는 것과 같다.

현수가 노보로시스크를 방문한 또 다른 이유는 장모인 안나 여사가 이곳에 머무는 중이기 때문이다.

지금쯤 300만 달러로 어려울 때 도움을 준 사람들에게 신세를 갚고 있을 것이다. 그리고 콩고민주공화국에 조성되는 이실리프 자치령으로 가자고 권유할 것이다.

친하게 지내던 이웃이나 친지가 이주할 경우 안나 여사의 외로움은 훨씬 덜해질 것이다.

현수의 모친, 그리고 연희의 모친은 한국인이다.

안나 여사와는 살아온 환경이 다르기에 친하게 지내지만 외로움이 풀리지는 않는다. 공통된 화제가 없기 때문이다.

어쨌거나 데리고 가고 싶은 사람이 있다면 도와주는 것이 사위 된 도리이다.

그렇기에 시간을 내어 이곳에 기착한 것이다.

잠시 창밖 풍경에 시선을 주던 현수는 노트북을 꺼내 자치령 개발에 필요한 것들을 점검했다.

아무것도 없는 황무지에 새로운 도시를 건설하는 것이나 마찬가지이다. 먼저 필요한 것은 동력이다.

따라서 이실리프 솔라파워의 주윤우 사장이 와야 한다. 그 전에 도로가 건설되어야 한다. 그러기 위해 각종 중장비와 연료, 그리고 인력이 필요하다. 이런 것들을 올가와 나타샤의 남편들이 준비해 두었는지 확인할 필요가 있다.

이 밖에 필요한 여러 가지 사항 및 조치들을 메모해 두었다. 그렇게 잠시의 시간이 흘렀을 때 초인종 소리가 들린다.

떵똥~!

"…누구지?"

노트북을 덮으며 자리에서 일어난 현수가 문을 열자 잘생긴 40대 백인사내가 환한 웃음을 짓고 서 있다.

"아! 미스터 지르코프! 어서 오십시오."

"핫핫! 오래간만입니다, 김 회장님!"

둘은 껴안으며 서로의 등을 두드린다.

"이곳에 올 거면 미리 연락을 하지 왜 그냥 왔습니까?"

"요즘 많이 바쁘시잖아요."

"핫핫! 그건 그렇습니다. 항온의류 덕분에 정말 눈코 뜰 새가 없습니다. 핫핫핫!"

항온의류를 파는 건 순풍에 돛을 단 것 같은 일이다. 항구에 화물이 도착하면 그 즉시 선금 낸 도매업자들이 기다렸다가 가져가기에도 바쁘기 때문이다.

지르코프는 이 사업을 위해 자신의 모든 것을 걸었다.

상트페테르부르크 의과대학 시절의 친구들과 그들의 인맥을 총동원하여 돈을 끌어모았다.

이실리프 어패럴에 선수금을 주어야 했기 때문이다.

그렇게 해서 보낸 8,000억 원이 있었기에 이실리프 그룹은 전국 각지에 소형 빌딩들을 살 수 있었다.

지르코프가 이실리프 어패럴로 보낸 돈의 대부분은 의과대학 동기들로부터 왔다. 지르코프가 좋은 사업이 있으니 투자하라는 말에 즉각 응답한 결과이다.

지르코프는 동기들로 하여금 각 지역에 의류 판매장을 만들도록 했다. 이에 의과대학 동기들은 그깟 옷을 팔아 얼마나 벌까 싶었다.

하지만 지르코프의 뜻대로 의류 매장을 준비했다.

러시아에선 의사라 할지라도 한국처럼 많은 돈을 벌지 못하기 때문이다.

지역에 따라, 근무하는 병원에 따라 다르지만 평범한 러시아 의사들은 월수입이 300달러 정도 된다.

한국 돈으로 치면 36만 원에 불과하다.

그래서 의사이지만 생활이 어려워 운전기사를 겸업하거나 약사나 화장품 관련 업무를 같이하기도 한다.

더 많은 돈을 받는 의사들까지 포함한 평균치가 월 28,000루블(약 107만 원)이다.

대체적으로 성적이 좋은 의사는 많은 보수를 받는 모스크바 외국인 병원 등에 남지만 나머지는 동구권 국가로 이민 가는 경우가 많았다.

그런데 지르코프의 친구들은 대부분 성적이 좋았다.

그렇기에 모스크바나 상트페테르부르크, 노보로시스크. 니주니노브고로트, 예카테린부르크, 하바로프스크, 블라디보스토크 등에 소재한 외국인 병원에 근무한다.

이 중 노보로시스크에서 근무하는 동기는 지르코프의 현 위치를 잘 알고 있다.

가끔 만나 술잔을 기울이곤 했기 때문이다.

이 동기는 나머지 동기들에게 연락하여 의류 판매장을 준비하라는 말에 따르도록 했다. 지르코프가 동기들에게 손해를 끼칠 인물이 아니라는 걸 잘 알기 때문이다.

그 결과 러시아 주요 도시마다 항온의류 판매장이 개설되었다. 그렇게 인테리어가 끝날 무렵 기다리던 물건이 왔다.

말로만 듣던 항온의류이다. 입기만 하면 바깥이 아무리 추워도 체온이 유지된다는데 그 말을 어찌 믿을 수 있겠는가!

대부분이 이과를 전공한 의사들이라 '에너지 불변의 법칙' 이랄지 '엔트로피의 법칙' 같은 것들을 훤히 꿰고 있다.

따라서 아무런 장치나 에너지 공급장치 없이 항상 일정 체온을 유지시켜 준다는 건 말도 안 되는 일이라 여겼다.

말로만 항온의류이지 실상은 보온력을 극대화한 신상품 정도라 생각한 것이다.

그런데 정말 마법과 같은 일이 일어났다. 항온의류를 입자 추위가 느껴지지 않았던 것이다.

항온의류가 당도한 것은 3월 말이다.

이때의 모스크바 아침 기온은 영하 16~13℃였다. 여전히 오리털 파카 같은 방한 의류를 입어야 하는 계절이다.

가지고 있는 방한 의류는 두껍고 무겁다. 그런데 항온의류를 보니 마치 등산용 바람막이같이 가볍고, 얇다.

보나마나 봄, 가을용일 것이라 생각하고 태그를 확인해 보니 'For Winter'라 쓰여 있다.

이렇게 얇은데 겨울용이라니 하는 표정을 지으며 입어보았다. 깜짝 놀라는 데 걸린 시간은 불과 수분이다.

옷이 얇으니 추위가 느껴져야 하는데 전혀 그렇지 않았다.

시험 삼아 찬바람이 쌩쌩 부는 곳으로 가보았는데 하나도 춥다는 느낌이 들지 않았다.

그곳의 온도계를 확인해 보니 영하 16℃였다.

얼른 안으로 들어와 옷을 벗고는 항온의류를 뒤집어 샅샅이 뒤져보았다.

하지만 특이한 장치 같은 건 없었다. 이들이 찾은 건 배터리 같은 소형 에너지 공급 장치였다.

지르코프의 동기들은 고개를 갸웃거리면서도 자신과 가족들에게 맞는 사이즈를 찾았다. 항온의류를 입으면 활동성이 월등하게 좋아지기 때문이다.

얼마 후, 초도물량 전부가 팔려 매대가 텅 비는 사태가 빚어졌다. 그럼에도 사람들이 물밀 듯이 밀려왔다.

소문을 듣고 온 것이다. 모처럼 발길을 한 사람들은 불만을 토로했다. 품절이라고 했다가 슬그머니 더 비싼 값에 팔려고 물건을 빼돌린 것이 아니냐는 것이다.

그러나 어쩌겠는가!

물건은 진짜 동이 났다.

이때부터 지르코프의 전화기는 쉴 시간이 없었다. 전국 각지에서 걸려오는 추가 주문 때문이다.

이에 지르코프는 조직원들의 자녀들을 비서로 채용했다.

이렇게 전화 받는 직원만 열 명이나 되는데도 여전히 쉴 틈이 없다. 다음에 도착할 물량을 적절히 배분해 주는 작업은 비서들이 할 수 있는 일이 아니기 때문이다.

조금 전, 지르코프는 게오르기 호보토프 노보로시스크 시장과 집무실에서 담소를 나누고 있었다.

최근 레드마피아가 항온의류를 취급하면서부터 폭행, 인신매매, 마약밀매 같은 강력 사건이 급격하게 감소하였다. 덕분에 밤이 조금은 안전해졌다.

반면 세금 징수액은 왕창 늘었다. 갑작스레 엄청난 물량이 항구를 통해 들어오면서 관세 납부액이 막대해진 것이다.

게다가 활발해진 유통으로 인한 소비가 늘어 경제가 나아지는 중이다. 시장으로서 쌍수를 들고 환영할 일이다.

그렇기에 지르코프가 레드마피아의 보스라는 걸 알면서도 예방한 것이다.

어쨌든 이들 둘이 환담을 나누고 있을 때 이든 호텔로부터 전화가 걸려왔다. 지르코프는 현수가 도착했다는 전언을 듣자마자 곧장 이곳으로 향했다. 시장과 함께 노닥거리는 것보다 현수를 만나는 것이 훨씬 더 중요한 일이기 때문이다.

"여긴 어쩐 일로 온 겁니까?"

"미스터 지르코프를 만나러 왔지요. 자, 앉으세요."

"여기서 이럴 게 아니라 나갑시다. 좋은 데로 가죠."

"아뇨. 사업 이야긴 여기서 하는 게 더 좋을 것 같습니다. 조용하잖아요."

"사업 이야기요? 알겠습니다."

지르코프는 뭔 얘기가 나올지 궁금하다는 표정으로 앉는다. 그사이에 현수는 냉장고에 있던 음료수를 내왔다.

딱!

"드세요!"

지르코프는 자신이 어떤 이야기를 들을지 몰라 불안한 표정이다. 하여 현수는 부러 환히 웃으며 입을 열었다.

"미스터 지르코프, 좋은 소식과 그저 그런 소식, 그리고 안 좋은 소식이 있습니다. 무엇부터 듣고 싶습니까?"

"…좋은 소식부터 듣죠."

"역시 긍정적인 분이십니다. 좋습니다. 좋은 소식부터 듣고 싶다 하셨으니 항온의류에 대한 이야기를 하죠."

"근데 설마 나쁜 소식이란 게 항온의류 납기일을 맞출 수 없다거나 물량이 줄어든다는 건 아니겠지요?"

지르코프의 모든 신경이 항온의류 수급에 맞춰져 있음을
단번에 알 수 있는 말이다.

　"미스터 지르코프, 이실리프 어패럴은 신용을 아주 중요하
게 생각합니다. 따라서 납기일과 물량엔 별문제 없을 테니 걱
정 않으셔도 됩니다."

　"아! 그렇습니까? 휴우~!"

　혹시 그렇다는 대답이 나올까 싶어 조바심이 났는데 아니
라니 안도의 한숨을 내쉰다.

　현수는 피식 웃고는 말을 이었다.

　"근데 좋은 소식이라는 거 안 궁금해요?"

　"궁금합니다. 궁금해요. 뭡니까, 좋은 소식이라는 게?"

CHAPTER 05
저도 투자하겠습니다

　　"이실리프 어패럴에서 미스터 지르코프에게 항온의류 유럽 총판권을 주려고 합니다. 어떻습니까? 이만하면 좋은 소식 아닌가요?"

　　"네에? 하, 항온의류 유, 유럽 총판권이요? 저, 정말입니까? 정말 제게 영국, 독일, 이탈리아, 스페인, 포르투갈, 그리스의 총판권을 줄 겁니까?"

　　지르코프의 얼굴이 급속도로 상기된다.

　　오랜 시간이 걸릴 일이라 여긴 인생의 목표가 어쩌면 단기간에 이루어질 수도 있다는 생각을 한 때문이다.

지르코프의 모친은 만성신부전증 환자였다. 증세가 심해 정기적인 혈액투석10)이 필요했다.

이 병은 신장의 기능이 정상으로 회복될 수 없을 정도로 저하되어 노폐물이 배설되지 않음으로써 거의 모든 장기에 이상이 생기게 만드는 난치병이다.

지르코프는 병마에 시달리는 모친을 보고 의대를 진학했다. 어떤 의사도 고쳐주지 못한다고 고개를 저은 모친을 완쾌시키는 것이 꿈이었던 것이다.

하지만 뜻을 이루지 못했다. 의과대학에 입학한 해에 요독증(Uremia)으로 모친을 잃은 때문이다.

편히 돌아가시지도 못했다.

소변으로 배출되어야 할 노폐물이 배출되지 못하면서 말초신경계에 문제가 생겼다. 그 결과 모친은 사망하기 직전까지 엄청난 고통을 호소했다.

하필이면 작열감(Burning sensation)을 느낀 때문이다.

이것은 글자 그대로 타는 듯한 통증 내지는 화끈거림을 느끼는 것이다.

불행히도 모친은 진통제가 효과을 거두지 못하는 체질이었다. 하여 엄청난 고통 속에서 신음하다 숨을 거두었다.

눈물 속에서 모친의 임종을 지켜본 지르코프는 만성신부

---

10) 혈액투석(Hemodialysis) : 말기 신부전 환자에게 시행되는 신(腎) 대체 요법의 하나로, 투석기(인공 신장기)와 투석막을 이용하여 혈액으로부터 노폐물을 제거하고 신체내의 전해질 균형을 유지하며 과잉의 수분을 제거하는 방법.

전중과 관련된 신장내과를 전공하겠다고 생각했다.

사랑하는 아내를 잃은 부친은 늘 술로 소일하다 지르코프가 레지던트 과정을 마칠 때쯤 작고했다. 그때 유언을 남겼는데 마피아의 중간 보스를 맡으라는 것이 그것이다.

부친은 냉혹한 마피아 조직에 몸담고 있었지만 가정에선 전혀 다른 모습을 보여주었다.

병마에 고통 받는 아내에겐 늘 자상하고 애정 깊은 남편이었고, 자식을 대할 땐 장래를 진심으로 걱정해 주고 바른 길로 이끌려 애쓰는 속 깊은 사람이었다.

나는 비록 진창 속에 있지만 아들만은 그러지 말았으면 하는 그런 아버지였던 것이다.

지르코프는 의대를 선택할 때 부친과 많은 대화를 나눴다.

그렇기에 부친은 아들이 왜 의대를 택하는지를 알았고, 장차 무엇을 이루고자 하는지 또한 알았다.

그런데 러시아에서 의사를 하여 그 뜻을 이루긴 어렵다 판단하였다.

하여 유언으로 조직을 넘겨준 것이다. 이 편이 훨씬 많은 돈을 만질 수 있기 때문이다. 죽으면서도 자식의 뜻을 어떻게 하면 이루어지게 할 수 있을지를 고심한 결과이다.

이번에 들여오게 된 항온의류 8,000만 벌 덕에 지르코프는 만성신부전증을 완치시켜 줄 치료제 연구소를 설립하려는 계획에 박차를 가할 수 있게 되었다.

적어도 건물과 연구시설 중 일부는 갖추게 된 것이다. 하지만 필요로 하는 기자재 전부를 채우기엔 역부족이다.

게다가 실력 있는 의료진 및 연구원을 구하는 건 아직 요원하다. 벌어들이는 돈은 많지만 그걸 몽땅 투입할 수 있는 입장이 못 되기 때문이다.

그런데 항온의류 유럽 총판권을 획득하게 되면 사정이 달라진다. 훨씬 빨리 원하는 바를 이룰 수 있게 된다.

물론 지르코프 상사를 상장하면 당장에라도 필요한 자금 마련이 가능하다. 하지만 그럴 수는 없다.

지르코프 상사의 주식은 조직원들에게 균등 배분하리라 마음먹고 있기 때문이다.

조직원들은 지르코프 상사의 직원이 되어 정당한 급료를 받는 한편, 매년 발생되는 엄청난 이익에 대한 배당도 받을 수 있게 될 것이다.

다른 중간 보스처럼 부(富)를 독식해도 되지만 그러지 않은 이유는 조직원을 가족이라 여기기 때문이다.

진심으로 그들의 미래를 걱정하기에 상장하여 재원을 마련하는 것을 아예 처음부터 배제한 것이다.

이런 걸 보면 지르코프는 마피아의 보스라고 하기엔 너무도 착한 심성의 소유자이다. 아마도 제대로 된 교육과 훈육의 결과가 아닌가 싶다. 하여 현수에게서 돕고 싶은 마음이 절로 일어난 것일 것이다.

아무튼 현수는 피식 웃으며 말을 이었다.

"그뿐만이 아니죠. 노르웨이, 덴마크, 네덜란드, 오스트리아, 벨기에, 폴란드, 루마니아도 꼽으셔야지요."

"……!"

"참, 프랑스와 스위스, 그리고 핀란드와 터키, 헝가리는 제외입니다. 거긴 따로 들어갈 예정입니다."

"이, 이럴 때 뭐라고 말을 해야 하는지……."

지르코프는 눈물까지 글썽이고 있다. 이에 현수는 피식 웃으며 한마디 거들어줬다.

"그냥 쓰파시바(Спасибо)라고 한마디만 하면 됩니다. 아니면 블라가다류 바쓰(Благодарю вас)라 하셔도 되구요."

둘 다 러시아어로 고맙다는 뜻이다.

현수는 농을 섞어 한 말이지만 지르코프는 그렇게 받아들이지 않은 모양이다.

갑자기 자리에서 벌떡 일어나더니 정중히 고개를 숙인다.

"블라가다류 바쓰, 미스트르 킴!"

"에구! 그냥 앉으세요. 농담으로 한 말이에요."

"아닙니다. 고마운 건 고마운 거죠. 정말 고맙습니다. 덕분에 제가 염원하던 일이 더 빨리 이루어질 수 있을 것 같습니다."

"…염원하던 일이라니요?"

지르코프가 난치병인 만선신부전증 치료제를 만들어 인류에 공헌하고자 함을 현수는 아직 모르기에 한 반문이다.

"돈이 모이면 신약을 개발해 낼 연구소 설립을 계획하고 있었지요. 모친……."

잠시 지르코프의 개인사가 이야기되었다. 가만히 듣고만 있던 현수는 고개를 끄덕이며 지르코프를 다시 보았다.

마피아 보스지만 병든 이들을 위해 애쓰는 마음이 너무도 고결해 보인 때문이다.

모든 이야기가 끝나자 현수는 고개를 끄덕이며 입을 연다.

"이야기 잘 들었습니다. 그나저나 좋은 소식은 들으셨으니 이제 그저 그런 소식을 이야기해야겠습니다."

"아, 네. 경청하겠습니다."

지르코프는 잠시 전 개인사를 이야기할 때의 표정보다 다소 굳은 얼굴로 변한다. 어떤 이야기일지 궁금한 때문이다.

"킨샤사 외곽에 있는 제 저택 아시죠?"

"아름다운 부인들과 결혼식을 올렸던 곳이죠?"

지르코프는 지난해 연말에 있던 성대하면서도 화려한 결혼식을 떠올렸다.

일 년 내내 여름인 곳이라 초록이 무성한 가운데 여러 색깔의 꽃들이 잔치를 벌이던 때이다.

현수는 하얀 턱시도를 입었고, 세 신부는 각자의 마음에 드는 웨딩드레스를 입었다.

지현과 연희, 그리고 이리냐는 세 사람이 손수 만든 웨딩드레스를 걸쳤다. 드레스는 셋 다 순결을 상징하는 흰색이지만, 머리에 쓴 베일[11]의 머리 장식은 각기 다른 색깔이었다.

참고로 신부가 머리에 쓰는 베일은 자신이 신랑 이외에는 어떤 남자도 모르는 처녀라는 것을 상징하는 것이다.

지현의 것은 부드러운 파스텔 톤 파란색이었다.

파란색은 일반적으로 자제와 적응을 상징한다. 그래서 파란색을 좋아하는 사람은 대체로 사려 깊고 정직하다.

이 색깔의 의미는 성실, 신앙, 희망, 믿음, 신성함, 그리고 책임이다.

연희의 것도 파스텔 톤 연한 초록색이다.

초록색은 마음을 평온하게 해주는 색이며, 신경 및 근육의 긴장을 완화시켜 주는 효과가 있다. 이 색깔을 선호하는 사람은 대체로 교양 있고 예의 바르다.

그리고 초록색의 의미는 영원한 젊음, 불멸, 희망, 성결, 생명, 신앙, 그리고 애정이다.

이리냐의 것도 파스텔 톤인데 노란색이다.

---

11) 베일(Veil) : 여자들이 얼굴을 가리거나 장식하기 위하여 쓰는 얇은 망사. 비밀스럽게 가려져 있는 상태를 비유적으로 이르는 말.

이 색깔은 상쾌하고 찬란하다는 느낌을 준다.

또한 항상 즐겁고 가슴 설레게 하는 색이다.

노란색을 좋아하는 사람들의 성격은 대체로 우유부단한 경향이 있다. 이 색깔의 의미는 영광, 힘, 그리고 부(富)이다.

웨딩드레스를 입은 신부들이 등장할 때 지르코프는 동양과 서양의 완벽한 미인들을 보았다.

하여 잠시 체면도 잊은 채 입을 헤벌리고 있었다.

그러다 문득 정신을 차리고 주위를 둘러보니 보스인 알렉세이 이바노비치를 비롯하여 메드베데프와 푸틴, 죠제프 카빌라와 가에탄 카구지, 그리고 기르마 올데 기오르기스와 비아니 아지한 등 거의 전부가 멍한 표정으로 눈을 크게 뜨고 있었다.

신부들이 너무나 아름다워 눈을 뗄 수가 없었던 것이다.

지르코프는 잠시 그때를 생각하곤 현수를 바라본다. 천하절색인 미녀를 셋이나 차지한 현수가 부러워서이다.

그중 이리냐는 본인이 연결시켜 준 여인이다.

처음 보았을 때 청순하고 예뻐 보여 뽑기는 했다.

이 정도면 현수의 하룻밤 상대로 보내도 욕먹을 정도는 아니다 싶은 정도였다.

그런데 결혼식장에서 본 이리냐는 세계 최고의 미인이라는 말이 절로 나올 정도로 바뀌어 있었다.

우아하고 고결해 보였으며, 품격 높은 가문의 영애처럼 청순하고 이지적으로 보였다. 게다가 섹시하기까지 하다.

얼굴과 몸매 모두 만점이다. 그러고 보니 진흙 속에 묻혀 있던 진주였다는 생각이 들었다.

자신은 그걸 알아보지 못했지만 현수는 그걸 구별해 냈다는 뜻이다. 현수의 안목이 자신보다 낫다는 걸 인정하지 않을 수 없어서 감탄을 거듭했다.

신부로서도 아름다웠지만 항온의류 브로셔의 이리냐는 그야말로 여신과 다름없는 모습이었기 때문이다.

지르코프가 잠시 예전 일을 떠올리며 고개를 끄덕일 때 현수의 말이 이어진다.

"그 저택 인근에 대규모 의료원을 건립하려 합니다."

"대규모 의료원이요?"

"네, 10,000병상짜리입니다. 부속 시설로 난치병 치료제 개발센터를 구상하고 있습니다."

현수의 말이 떨어지기 무섭게 지르코프의 입이 열린다.

"마, 만성신부전증도 포함됩니까?"

"물론입니다. 만성신부전증뿐만 아니라 알츠하이머, 혈우병, 진폐증, 파킨슨병, 고셔병, 백혈병, 크론씨병, 재생 불량성 빈혈 등의 치료제를 만들어볼 생각입니다."

포션의 특이한 성분과 리커버리 마법이 조합되면 거의 모두 다스려질 질병들이다. 실제로 크론씨병은 이미 다스렸다.

경기도 농업연구원에서 유용미생물을 이용한 인삼의 안전성 향상과 친환경 재배 기술을 개발하던 중 퇴직한 강동호의 아내가 그 사람이다.

태백조선소 강전호 부장의 사촌형이기도 한 강동호는 현재 이실리프 상사에 의해 채용된 상태이다.

지금은 반둔두 지역에 조성될 대규모 농업연구소 건립을 준비하고 있다.

연구원들을 채용하는 일과 필요한 기자재를 구매하는 업무를 보는 한편, 본인이 하던 연구를 계속하고 있다.

현수 덕에 말끔히 나은 아내와 달콤한 밀월을 즐기고, 그동안 놀아주지 못한 아이들과 매주 주말마다 놀러 다니는 중이다. 어쨌거나 크론씨병은 이미 다스려졌다.

포션과 리커버리 마법이 사용되었지만 굳이 마법까지 쓰지 않아도 될 듯싶다. 시간은 걸리겠지만 포션의 힘만으로도 가능할 것 같기 때문이다.

진폐증도 아디스아바바의 코리안 빌리지에서 완치시켰는데, 신약 개발은 어렵고 물의 정령을 이용하는 방법밖에 없을 듯하다. 이 부분은 아리아니와 엘리디아를 불러 상의하는 수밖에 없을 듯하다.

나머지 질병도 포션만 있으면 얼마든지 가능할 것이다. 그렇기에 현수는 태연한 표정으로 고개를 끄덕인다.

"아! 정말입니까?"

지르코프는 듣던 중 반가운 소리라는 표정이다. 그러거나 말거나 현수의 말은 이어지고 있다.

"그 밖에 아프리카 지역에서 간헐적으로 출현하고 있는 에볼라 바이러스[12) 치료제 등도 만들어낼 생각입니다."

"아!"

에볼라 바이러스에 감염되면 걷잡을 수 없는 출혈과 함께 몸 내부의 장기까지 파괴되면서 처참하게 사망한다.

그런데 이를 다스릴 치료제나 백신은 아직 없는 상태이다.

이익만을 추구하는 제약회사들이 치료제를 팔아 얻을 기대 수익이 적었기에 소극적인 투자를 한 때문이다.

만일 에볼라 바이러스 창궐 지역이 미국이나 유럽이었다면 벌써 만들어졌겠지만 가난한 아프리카에서 주로 발병하기에 관심을 끊은 결과이다.

말라리아 백신이 최근에 만들어진 이유도 이와 같은 맥락이다. 비교적 저개발 국가에서 주로 발병하기 때문이다.

"그저 그런 소식이란 건 미스터 지르코프의 인맥이 필요하다는 겁니다. 상트페테르부르크 의대 출신뿐만 아니라 다른

---

12) 에볼라 바이러스(Ebola virus) : 괴질 바이러스의 일종으로 1967년 독일의 미생물학자 마르부르크 박사가 콩고민주공화국의 에볼라강(江)에서 발견한 데서 유래된 명칭이다. 형태학적으로 다양한 모양을 가진다. 이 바이러스에 감염되면 유행성출혈열 증세를 보이며, 감염 뒤 1주일 이내에 50~90%의 치사율을 보인다.

의대 출신 의사들도 소개해 주십시오."

"……!"

지르코프는 잠시 아무런 말도 하지 못한다.

자신이 이루고자 하는 것의 몇 배를 진행시키는 현수가 갑자기 거인처럼 느껴진 때문이다.

잠시 뜸을 들이던 지르코프는 현수와 시선을 맞춘다.

"얼마든지요! 대신 저도 조건이 있습니다."

"조건이요?"

돈을 꿔달라는 것도 아니고 단순히 사람을 소개해 달라는데 조건을 붙이는 경우는 거의 없다.

그렇기에 무슨 의미냐는 표정을 지어 보였다.

"저도 의료원 부설 연구소에 투자하고 싶습니다."

"투자요? 연구소에서 난치병 치료제나 백신 개발을 연구하겠지만 원칙적으로 그곳은 영리가 목적인 곳이 아닙니다."

"그래도 투자하게 해주십시오."

말을 마친 지르코프는 입술을 굳게 다문다. 왜 그런지 알수는 없지만 의지가 느껴지는 표정이다.

"투자에 대한 이익 배당에 시간이 걸리거나 아예 없을 수도 있습니다."

"그래도 괜찮습니다. 대신 만성신부전증 치료제나 백신을 부탁드립니다."

"…알겠습니다. 그렇게 하지요."

모친을 잃었으니 충분히 이해된다. 현수 입장에선 손해 볼 일이 아니다. 어쩌면 이득이 없을 일에 스스로 많은 돈을 투자하겠다는데 어찌 말리겠는가!

"허락하였으니 최대한 많은 인원을 소개해 드리지요."

"부탁드립니다. 이제 남은 건 나쁜 소식이군요."

"나쁜 소식이라……. 말씀하십시오."

지르코프는 대체 얼마나 안 좋기에 나쁘다는 표현까지 쓰나 싶은 표정으로 바라본다.

"노보로시스크에 이리냐의 모친께서 와 계십니다."

"…이리냐 양의 모친이라면……."

이리냐는 현수의 아내이다. 그렇다면 방금 장모에 관한 이야기를 한 것이다.

지르코프는 확인해 달라는 표정으로 바라본다.

"네, 안나 게라시모바 체홉 여사이십니다."

"아! 그래요? 뭘 도와드리면 됩니까?"

"우선은 어디에 계신지 알았으면 좋겠습니다."

"걱정 마십시오. 금방 찾아낼 겁니다. 잠시만요."

양해를 구하고 자리에서 일어선 지르코프는 곧장 심복에게 전화를 걸어 안나 여사의 행방을 수소문하도록 한다.

"감사합니다. 몹시 번거로운 일일 수도 있는데……."

"무슨 말씀을……. 이리냐 양의 모친이시라면 당연히 도와
드려야 하지요. 걱정 마십시오. 금방 찾을 겁니다."

"참, 장모께서 돈을 좀 풀었을 겁니다. 300만 달러를 드렸
는데 얼마나 쓰셨는지는 알 수 없습니다."

"그래요? 그렇다면 조금 더 쉽겠군요."

지르코프는 정말 쉬운 일이라는 표정을 짓는다.

안나 여사가 노보로시스크에 있다면 찾아내는 건 어렵지
않기 때문이다. 게다가 300만 달러를 쓰고 있다면 소문이 크
게 번졌을 것이다. 결코 적은 돈이 아니기 때문이다.

예전엔 조직원만 동원 가능했지만 지금은 공권력의 도움
까지 얻을 수 있다. 시장과의 친분이 깊어진 이후의 일이다.

"그나저나 기다리는 동안 우리의 우정을 보다 돈독하게 해
줄 보드카 한잔 어떻습니까?"

"하하, 좋죠!"

현수가 고개를 끄덕이자 지르코프가 룸서비스를 청한다.

주문한 것은 보드카와 러시아 햄인 살라미[13], 그리고 빵,
버터, 절인 오이이다.

살라미는 빵에 버터를 듬뿍 바르고 치즈나 절인 오이와 함
께 먹는다. 살라미 대신 연어 알을 얹기도 하는데 정력에 좋
다고 소문나서 보드카 안주로 많이 먹는다.

---

13) 살라미(Salami) : 마늘 냄새가 나는 러시아 소시지의 일종.

잠시 후, 룸서비스가 당도했다. 그런데 주문한 것 이외에도 상당히 많은 음식을 가져왔다. 연어알도 있고, 오랜만에 보는 샤실릭과 보르쉬 등도 보인다.

쌀로(Salo)라 불리는 것도 있는데 아무리 봐도 생삼겹살에 후춧가루를 뿌린 것같이 보인다.

주문한 것이 아니라 하자 지배인의 특별 서비스라며 마음껏 드시라고 한다. 노보로시스크의 밤을 지배하는 지르코프 때문이기도 하지만 축구의 신인 현수가 더 큰 이유이다. 이 호텔의 지배인이 소문난 축구광인 것이다.

그래서 그런지 사인을 부탁한다. 흔쾌히 이십여 장에 쓱쓱 이름과 날짜를 쓰고 사인을 해줬다. 힘들거나 어려운 일이 아니다.

불과 몇 분이면 될 일이니 흔쾌히 해준 것이다.

그러는 사이에 탁자 위에 놓인 안주를 슬쩍 살펴본 지르코프는 만족스럽다는 표정으로 팁을 준다.

음식의 질이 상당히 좋았기 때문이다.

"덕분에 잘 먹겠습니다."

지르코프의 영향력 때문으로 오인한 현수의 말에 환히 웃으며 잔에 보드카를 따른다.

"하하! 얼마든지요. 그나저나 보드카 맛있게 마시는 법 알려드릴까요?"

"네, 알려주십시오."

보드카의 본고장이 이곳 러시아이니 그에 알맞은 주법이 따로 있는 듯 하여 흥미롭다는 표정을 지어 보였다.

"보드카는 말입니다……."

잠시 지르코프의 설명이 있었다.

러시아 사람들은 보드카를 냉동실에 넣어 살짝 얼린 다음 마시는 것을 즐긴다.

살얼음이 둥둥 뜬 보드카를 원샷으로 마신 후엔 술기운이 퍼지기 전에 호밀빵 냄새를 깊게 들이마신다.

다음엔 빵에 얹은 살라미를 먹기도 하지만, 먼저 절인 오이를 한 조각 먹은 후 쌀로라 불리는 염장한 돼지비계를 안주 삼아 먹는다.

참고로, 쌀로는 익히지 않은 생고기라 생각하면 된다.

"아, 그렇습니까?"

설명을 모두 들은 현수는 쌀로에서 시선을 떼었다.

생삼겹살을 날로 먹는다는 것이 내키지 않은 때문이다. 그리고 기름기를 너무 많이 섭취할 것 같아서이기도 하다.

물론 아무리 많은 지방을 섭취한다 해도 현수의 신체는 그 모든 것을 깔끔하게 연소시킨다. 그렇다 하더라도 굳이 과도하게 기름기를 먹는 건 바람직하지 못하다.

"자! 어떻게 먹는 건지 알았으니 한잔하지요."

"좋습니다."

챙一!

잔을 내밀어 부딪치곤 단숨에 비웠다. 시원한 것이 목구멍을 넘어가는데 잠시 후면 화끈할 것이다.

"흐으음!"

먼저 호밀빵의 구수한 냄새를 맡았다. 다음은 살라미를 얹은 버터 바른 빵을 한입 베어 물었다. 소시지가 짭짤하다.

"어떻습니까?"

"좋군요."

현수는 고개를 끄덕이며 만족스럽다는 표정을 지었다.

그러자 다시 잔에 술을 채운다. 현수 역시 지르코프의 잔을 채워주었다.

"이번엔 김 회장님의 건강과 행복을 위해 건배하죠."

"좋습니다."

챙一!

"크흐으!"

또 한 잔의 보드카가 목구멍 너머로 사라졌다. 현수는 살라미를 집어 들었지만 지르코프는 쌀로를 선택한다.

"이번엔 지르코프 상사의 무한한 발전을 위해 건배하죠."

"좋습니다."

또 한 잔이 비워졌다. 둘은 잔을 비울 때마다 건배를 하며 서로를 축복해 주었다. 그렇게 한 병을 거의 다 비웠을 때 지르코프의 전화에서 노랫소리가 난다.

♩♪~ ♫ ♪♩♫~ ♩♫~ ♪♫♩~

"……!"

뜻밖에도 마피아 보스의 전화벨 소리는 '지현에게'였다. 걸그룹 다이안이 발표한 원곡이다.

세계적으로 인기를 끌고 있다는 소리는 들은 바 있기에 알기는 하지만 노보로시스크까지 번져 있을 것이라곤 생각지 못했다. 하여 신선하다는 느낌이다.

"어, 그래? 그래, 그래서? 그래? 알았다. 수고했어."

통화는 길지 않았다. 역시 남자들 간의 통화이다.

여자들이야 전화통을 붙잡으면 두세 시간 내내 수다를 떨기도 하지만 남자들의 평균 통화 시간은 길어야 3분이다.

"장모님을 찾았다고 합니까?"

"네! 근데 노보로시스크에 있는 게 아닙니다. 체홉 여사께서는 현재……."

지르코프의 설명이 이어졌다.

이리냐의 모친은 노보로시스크에서 남쪽 직선거리로 약 6km 정도 떨어진 곳에 위치한 무스크하코(Myskhako)라는 곳의 빈민촌에 머물고 있다고 한다.

현수가 고개를 갸웃거리자 빈민촌에 대한 설명이 이어진

다. 다 듣고 나니 영등포 쪽방촌 비슷한 곳이다.

예전으로 치면 아현동 산 8번지 같은 달동네이다. 매일 끼니를 걱정해야 할 정도로 궁핍한 삶을 사는 곳이다.

일자리가 있는 사람보다는 없는 사람이 많으며, 먹을 게 없어 쥐도 잡아서 먹는 곳이다.

지난 1999년 9월, 체첸반군과 러시아군은 다게스탄[14] 국경에서 충돌한 바 있다. 체첸의 이슬람공화국 수립을 위한 무장투쟁이었다. 이때 이리냐의 부친과 오빠가 체첸 반군에 속해 있었고, 전투에 참가했다가 사망했다.

체첸 사람이긴 해도 둘 다 이슬람 신자는 아니었다.

그럼에도 반군에 속해 총을 잡은 이유는 어릴 때부터 같이 자란 이웃과 친구들 때문이다.

의리로 참전했다 목숨을 잃은 것이다.

어찌 되었든 남편과 아들을 잃은 체홉 여사는 장례식을 치르곤 곧바로 체첸을 떠났다. 어찌 보면 이웃들의 말없는 강요에 의해 참전한 사람들이 죽은 것이기 때문이다.

남편과 아들은 죽었고, 하나뿐인 어린 딸과 남게 된 체홉 여사는 어찌어찌 흘러 무스크하코까지 왔다.

이곳에선 가난하지만 정(情)을 나누는 이웃이 많았다.

모두가 빈민이지만 십시일반[15]의 정신을 발휘한 것이다.

---

14) 다게스탄(Dagestan) : 러시아 남부 카스피해 연안 서쪽 연안에 위치하고 있는 국가이다. 1991년 구소련의 해체 이후 러시아연방의 자치공화국이 되었다.

이들이 없었다면 이리냐와 체홉 여사는 일찌감치 아사(餓死)했을 것이다. 지금은 신세진 이웃들에게 잔치를 벌여주고 빚은 갚아주는 중이라고 한다.

"뭐하고 계신다고 합니까?"

"빚을 갚아주는 중이라 하더군요."

"빚을 갚아요?"

"그곳은 빈민촌입니다. 빚이 없는 사람이 거의 없죠."

지르코프의 설명을 들은 현수는 고개를 갸웃거렸다. 집도 절도 없는 빈민들에게 무엇을 믿고 돈을 빌려준단 말인가?

보나마나 담보도 없을 것이다.

"거긴 액수는 크지 않지만 거의 모두 빚을 지고 삽니다."

지르코프의 세포 조직 중 하나가 그곳에서 고리대금업을 하기에 알고 있는 사실이다.

"거길 가봤으면 하는데 가능하죠?"

"물론입니다. 차 준비시키겠습니다."

둘이 마신 보드카는 각각 한 병 정도 된다. 지르코프는 불곰국 국민답게 말짱하고 현수 역시 거뜬하다.

상태로만 따지면 현수가 훨씬 좋다. 장모를 만나러 가는데 술 냄새를 풍길 수 없어 안티 포이즌 마법으로 술기운을 말끔하게 날려 버린 때문이다.

---

15) 십시일반(十匙一飯) : 열 사람이 자기 밥그릇에서 한 숟가락씩 덜어 다른 사람을 위해 밥 한 그릇을 만든다는 뜻. 여럿이 힘을 합하면 작은 힘으로도 큰 도움을 줄 수 있다는 뜻이다.

호텔을 떠난 차가 무스크하코로 가는 동안 그곳에 대한 이야기를 들었다. 간간이 부하들로부터 전화가 걸려왔기에 여러 가지를 물을 수 있었다.

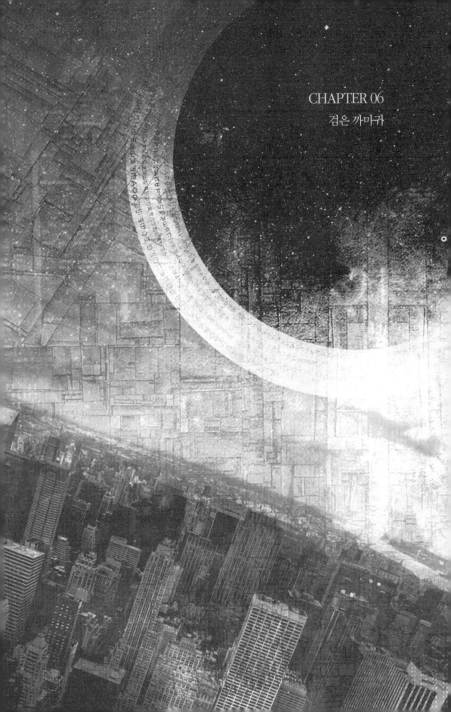

CHAPTER 06
검은 까마귀

무스크하코 빈민촌의 이름은 '검은 까마귀(черный во
рон)'이다. 동일 제목의 러시아 전통음악이 있는데, 전장에
서 심하게 다친 병사가 하늘의 검은 까마귀를 올려다보며
'아직은 네 것이 아니야. 내가 죽어야 네 것이 되지'라는 처
연한 심정을 노래한 것이다.

동네 이름이 이러한 이유는 모두들 굶어 죽을 사람들만 남
아 있다는 자존감 때문이다. 매일매일 끼니를 걱정해야 하는
곳이니 어찌 안 그렇겠는가!

쥐를 잡아먹는다는 말에 현수는 이맛살을 찌푸리지 않을

수 없었다. 얼마나 먹을 게 없으면 그럴까 싶은 것이다.

어쨌거나 검은 까마귀 마을은 약 800가구가 거주하며 인구는 4,000명 정도 된다.

보고에 의하면 안나 여사는 상당히 많은 이의 빚을 갚아주었다고 한다.

300가구가 지고 있던 빚이 60만 달러이니 가구당 약 2,000달러였다. 워낙 수입이 적은 곳이기에 원금은 줄어들지 않고 평생 이자만 낸다고 한다.

빚은 자식에게 대물림되기에 고리대금업자들 입장에선 매달 일정한 수입이 고정적으로 발생되는 곳이다.

안나는 자신이 가진 돈으로 상당히 많은 식료품을 사가지고 갔다고 한다. 쇠고기, 돼지고기, 양고기, 닭고기뿐만 아니라 감자, 양파, 양배추, 당근, 식초, 마늘, 소금, 후추, 월계수잎, 식용유 등이다.

2.5톤 트럭으로 다섯 대 분량이니 마을 전체를 위한 한바탕 잔치를 벌이고도 남을 양이다.

"아, 그래요?"

"안나 여사가 검은 까마귀 마을의 모든 빚을 갚아준다고 소문이 나서 사람들이 몰리는 중이라 합니다."

"그렇군요."

나머지 500가구의 빚 또한 평균 2,000달러라면 충분히 갚고도 남을 것이기에 고개를 끄덕였다.

지르코프는 계속해서 그 마을에 대한 이야기를 한다. 아무런 희망도 없이 그저 간신히 연명만 하는 곳이다.

차는 쉼 없이 달려 검은 까마귀 마을에 당도하였다. 한바탕 잔치 분위기여야 하는데 행인이 보이지 않는다.

"왜 이러죠? 마치 사람들이 다 떠난 마을 같습니다."

"글쎄요? 잠시만 기다려 보십시오."

지르코프는 보고하던 부하에게 전화를 걸었다.

"그래? 그래, 알았어. 그래, 대기해. 아니, 그냥 있어. 전화 바꿔줄 테니까 거기 위치를 말해."

지르코프가 운전자에게 전화기를 준다. 운전자는 어깨와 귀 사이에 전화기를 낀 채 운전하며 이리저리 방향을 튼다.

좁고 지저분한 골목을 돌고 돌아가니 사람들이 모여 있는 자그마한 광장에 이르렀다. 그런데 분위기가 심상치 않다.

"부당하다! 부당하다!"

"맞아! 말도 안 돼! 지난달까지 내 빚은 1,800달러라고 했어! 그런데 왜 갑자기 3,600달러로 늘어나?"

"저놈들이 미쳤나? 왜 갑자기 지랄들이야."

"와와와와! 와글와글!"

사람들의 손에는 굵은 몽둥이나 쇠스랑 같은 것들이 들려 있고, 몹시 흥분한 듯 성난 표정을 짓고 있다.

사람들이 있어 앞으로 갈 수 없는 차는 슬그머니 후진하여 골목 안쪽으로 들어갔다. 보아하니 성난 군중들이다.

현재 군중들의 눈에는 위아래가 구분되지 않을 수 있다. 그렇다면 자동차가 괜한 몽둥이찜질을 당할 수 있다.

너무나 가난하기에 지르코프 전용 벤츠에 흠집을 내더라도 보상을 받을 수 없다. 기껏해야 두들겨 패서 혼쭐이나 내주는 게 전부이다. 그런데 그런 일을 왜 하겠는가!

하여 슬금슬금 물러난 것이다.

딸깍—!

지르코프가 문을 열고 나가자 운전자가 잽싸게 우산을 펼쳐 든다. 이 마을에 접어들 때부터 비가 내리기 시작한 때문이다.

"그 우산 이리 주게."

"네? 아, 네."

운전자로부터 우산을 건네받은 지르코프는 현수가 있는 문으로 다가간다.

"내리시지요."

"네, 고맙습니다."

폭우가 쏟아져도 실드 마법으로 충분히 막을 수 있고, 마법을 쓰지 않더라도 마나를 운용하면 호신 강막이 형성된다.

둘 다 제아무리 강한 폭풍우가 분다 해도 한 방울도 맞지 않을 정도로 완벽하게 몸을 감싸준다.

이도저도 귀찮으면 물의 최상급 정령 엘리디아를 불러 비를 멈추게 할 수도 있다. 따라서 현수는 우산이 필요 없다. 그럼에도 지르코프의 호의를 받아들이며 밖으로 나갔다.

이 순간 누군가의 음성이 들려온다.

"야! 이 나쁜 놈들아! 왜 갑자기 원금이 두 배로 뛰어?"

"뭐? 이자율이 높아졌다고? 아무런 통보도 없이 니들 마음대로 올려? 세상에 이런 법은 없다! 없어!"

"맞아! 세상에 이런 법이 어디 있냐? 이건 진짜 말도 안 되는 처사야!"

"이자율을 왜 니들 마음대로 올려? 엉?"

"와와와와! 죽여라, 죽여! 죽여!"

"와와와와와! 와와와와와!"

목청 큰 누군가의 음성에 군중들이 호응하며 소리친다. 금방이라도 군중들에 의한 집단 소요 사태가 벌어질 듯싶다.

이때 요란한 총성이 터져 나온다.

타앙—!

갑작스런 총성에 성난 군중들이 움찔하며 입을 닫자 안쪽의 누군가가 소리친다.

"이 빌어먹을 종자들이! 지금 우릴 협박하는 거야? 엉? 우리가 누군지 몰라? 모두들 뒈지고 싶어?"

"……!"

모두들 꿀 먹은 벙어리처럼 아무런 대꾸도 하지 못한다. 물론 총이 무서워서이다.

"잘 들어! 중앙의 높으신 분께서 너희에게 빌려준 돈에 대한 이자율을 올리라는 지시가 있으셨다! 그래서 나는 너희에게 대출해 준 돈에 대한 이자율을 높였다! 알았어?"

"세상에 이런 법이 어디 있습니까? 아무리 그래도 그렇지, 아무런 통보도 없이 이자율을 올리는 건 아닙니다!"

"맞습니다! 이전의 이자율도 너무 높아 힘들었는데 이렇게 올려 버리면 우린 어떻게 합니까? 빵 사 먹을 돈도 없어 굶는다는 거 모르십니까?"

누군가의 항변에 고리대금업자로 짐작되는 또 다른 누군가가 호통을 친다.

"그걸 왜 내가 알아줘야 하는데? 나는 중앙의 높은 분의 지시를 따를 뿐이야! 그리고 이자율이 높으면 원금을 상환하면 되잖아! 안나라는 년이 와서 니들 빚 갚아주잖아! 듣자 하니 그년 수중에 돈이 꽤 많다고 들었어! 다들 가서 빚 갚게 돈 달라고 그래!"

"벼룩도 낯짝이 있습니다. 어떻게……."

"아아! 시끄럽고, 난 오늘 너희에게 통보하러 왔다! 이자율이 높아졌으니 후딱 원금을 상환하든지 아니면 종전의 두 배인 이자를 매달 납부하도록!"

잠시 말을 끊은 고리대금업자는 군중들을 둘러보곤 다시
말을 잇는다.

"이자 내는 날짜를 하루라도 어기면 어떻게 되는지 알지?
고르비가 어떻게 되었는지 모르는 사람 아무도 없을 거야. 안
그래? 고르비 같은 꼴 안 당하려면 알아서 하도록!"

고르비라는 이름이 나오자 사람들 모두 움찔거리며 물러선
다. 그러자 '가난한 이들을 위한 서민은행(Банковскне ус
лугн беДным населеннем)' 이라 쓰인 간판이 보인다.

간판 아래엔 다섯 명의 사내가 서 있다. 선두에 있는 자는
30대 후반으로 보이는데 보기에도 무거워 보이는 털외투를
걸치고 있다. 나머지 넷은 이자의 수하인 듯 서 있다.

어쨌거나 고르비는 이 마을 청년이다.

부친이 사망하면서 빚을 물려받았는데 약 3,000달러이다.

고르비는 지난 몇 달간 마치 소아마비를 앓은 것처럼 한쪽
다리를 심하게 절기에 막노동조차 할 수 없었다.

정해진 날짜에 이자를 내지 못해 지난 수개월 간 고리대금
업자로부터 심한 구타를 당한 결과이다.

이종격투기 용어로 표현하자면 강력한 로우킥에 의한 허
벅지 근육이 파열되었는데 제때 치료하지 못해 절룩인다.

며칠 전 고르비가 이자를 내야 하는 날이 돌아왔다.

돈을 지불하지 못하자 심한 매질을 가했다. 마을 중앙에 있는 전봇대에 묶어놓고 무차별적인 구타를 한 것이다.

그 결과 갈비뼈가 부러지고 안와골절까지 당했다.

이빨도 세 개나 부러진 상태이다. 그렇지 않아도 성치 않던 몸인데 기절할 정도로 심한 구타를 당한 것이다.

현재 고르리는 냄새나는 침대에 누워 오늘내일하고 있다. 경각지경에 처해 있는 것이다.

그때 마을 사람들은 겁에 질린 표정으로 고르비가 맞는 걸 지켜보았다. 이자를 제 날짜에 못 내면 자신도 같은 꼴을 당할 수 있기에 그날 이후 모두들 우울해했다.

그런데 기적과도 같은 일이 벌어졌다.

소리 소문 없이 마을을 떠났던 안나 게라시모바 체홉이 나타나 이웃들이 진 빚을 대신 갚아주기 시작한 것이다.

밀린 이자는 물론이고 원금까지 몽땅 갚으니 앞으로 고리 대금업자에게 시달릴 일은 없다.

매달 지불해야 하던 이자만으로도 굶주림은 면할 수 있게 되어 모처럼 환한 표정을 지었다.

안나 여사의 도움을 받아 빚을 갚게 된 사람들은 그녀가 어려울 때 조금이라도 음식을 나눠 주거나 위로해 주는 말이라도 한 사람들이다.

그렇게 하여 800가구 중 300가구가 안나 여사의 도움을 받아 빛으로부터 해방되자 나머지 사람들은 눈치를 살폈다.

말만 잘하면 자신들도 지긋지긋한 빛으로부터 해방될 수 있음을 알게 된 때문이다.

듣자 하니 안나의 딸 이리냐가 아주 돈 많은 사람과 결혼했다. 그리고 그 사위가 신세진 사람들을 찾아가 은혜를 갚으라며 돈을 주었는데 아직 많이 남아 있다고 한다.

하여 염치를 무릅쓰고 안나를 찾아가 도움을 청했다.

이에 안나 여사는 갚아야 빛이 얼마인지를 물었다.

가난이 어떤지 너무도 처절하게 경험했는지라 일면식도 없지만 불쌍히 여겨 빛을 갚아주려는 것이다.

곧 킨샤사로 돌아갈 텐데 거긴 돈이 없어도 원하는 모든 것을 가질 수 있다. 그렇기에 현수가 준 돈을 다 쓰리라 마음먹은 것이다.

아무튼 갚아줄 액수를 알아야 한다는 말에 사람들은 즉시 고리대금업자를 찾아갔다.

그런데 자신들의 빛이 두 배로 늘어나 있었다. 두 배로 늘어난 이자를 이상한 방법으로 합산한 결과이다.

항의를 했지만 소용없었다. 소문이 번지고 번져 다들 그렇다는 걸 알고는 이렇게 모여든 것이다.

"이건 말도 안 됩니다. 경찰에 신고하겠습니다."

"푸훗! 신고? 맘대로 해! 안 말리니까!"

30대 후반으로 보이는 사내는 오랜만에 재미있는 이야기를 들었다는 듯 받아넘긴다. 경찰과 이미 결탁되어 있으니 아무 소용없다는 걸 잘 알기 때문이다.

그러다 잊은 게 있다는 듯 다시 입을 연다.

"참, 신고하는 건 좋은데 나중에 내가 알면 그놈은 그날부로 이자가 또다시 두 배 뛴다. 알았나?"

모두들 꿀 먹은 벙어리가 되었는지 대꾸하지 않는다. 그러다 누군가 물었다.

"…그런데 정말 중앙의 누가 시켰다는 겁니까?"

누군가의 물음에 시선을 돌린 고리대금업자는 능글맞은 웃음을 짓는다.

"그럼 내 마음대로 했을까 봐?"

"근데 누굽니까, 중앙의 그 높으신 분이?"

"지르코프 야진스키 이바노바라는 분이시지. 노보로시스크의 밤을 장악하신 분이시다."

"……!"

조금의 망설임도 없이 지르코프의 이름이 나오자 대꾸할 말을 잃은 듯 멈칫거릴 때 고리대금업자의 말이 이어진다.

"너희 중 누구라도 허튼 생각을 품으면 어떻게 되는지 알지? 크흐흐흐!"

고리대금업자의 말이 끝남과 동시에 곁에 있던 두 녀석이 양복을 제쳐 그 안의 우지(Uzi) 기관총을 보여준다.

분당 1,700발을 발사할 수 있는 놈이다. 이거 두 정만 있으면 항의하러 온 사람들 전부를 죽일 수 있다.

군중들은 흠칫거리며 물러설 수밖에 없다. 놈들의 무자비한 매질도 무섭지만 총은 더 무섭기 때문이다.

"잘 들어라! 누구든 이자를 내야 하는 날을 하루라도 어기면……!"

잠시 말을 끊고는 눈알을 부라리며 말을 잇는다.

"고르비가 당한 그대로를 당하게 될 것이다! 크흐흐!"

사내가 군중들을 노려보자 모두들 비칠거리며 물러선다. 힘으로도 이길 수 없기 때문이다.

이때 현수의 입술이 달싹인다.

"정말 그렇게 지시한 겁니까?"

현수의 시선을 받은 지르코프는 얼른 손을 흔든다.

"아닙니다. 세포 조직에서 고리대금업을 한다는 말은 들었지만 이 정도인 줄은 몰랐습니다."

"저기 저 친구들이 정말 레드마피아인 게 맞습니까?"

현수의 물음에 지르코프는 운전자에게 말한다.

"얼른 알아봐!"

운전자는 얼른 휴대폰을 꺼내더니 30대 후반인 사내의 사진을 찍어 어디론가 전송한다. 그리고 잠시 후 전화가 진동하자 자그마한 음성으로 통화한다.

하지만 현수의 귀에는 다 들린다.

"뭐라고? 말코이 사샤 이반스키? 그래, 그래! 그래, 알지. 그래. 응, 응! 그래, 알았어. 일단 끊어봐."

말코이 사샤 이반스키는 최근까지 이 지역을 관할하는 레드마피아의 부두목이었다.

그의 직속상관이자 두목은 고리대금업으로 벌어들인 돈을 상납하지 않고 착복하다 걸려 숙청당했다.

두목 자리가 비자 상부에서 이반스키를 승진시킨 것이다. 고리대금업에 대해 가장 잘 알기 때문이라고 한다.

운전자가 통화를 마치고 다가서자 지르코프가 묻는다.

"뭐라고 해?"

"조직원 맞답니다. 무토르스키 직속입니다."

"무토르스키? 양조장 찌끄러기?"

지르코프가 또 이맛살을 찌푸린다. 부하지만 마음에 들지 않은 녀석의 이름이 나온 탓이다.

"네, 그 무토르스키의 세포 조직입니다."

"가만, 무토르스키라면 골칫덩이인 네오나치 스킨헤드 애들 뒤를 봐주는 그놈인가?"

러시아의 스킨헤드족은 인종차별주의자들로 소련이 와해되자 기존 질서에 반하는 범죄단체로 조직되었다.

이들은 한국과 일본의 눈부신 경제 성장을 질시하여 주로 동양인들을 테러한다.

러시아 내무성 자료에 의하면 2000년부터 2006년까지 살인 234건, 방화 421건, 납치 유괴 92건, 강간 821건, 폭행 19,328건이다. 모스크바와 상트페테르부르크에 많이 있다.

이들 중 상당수가 레드마피아에 몸담고 있다.

그런데 상부에서는 이들을 달가워하지 않는다. 늘 귀찮은 문제를 일으키기 때문이다.

"이놈도 성향이 그래?"

"지금은 아니지만 이전엔 스킨헤드 애들이나 마찬가지였다고 합니다."

둘의 대화를 듣고 있던 현수가 끼어들었다.

"미스터 지르코프, 저런 놈은 혼이 나야 하는 거 아닙니까? 그냥 놔둘 건 아니지요?"

"물론입니다. 내가 저놈을……."

귀빈을 모셔다 놓고 좋지 않은 꼴을 보인 셈이라 지르코프는 불쾌한 기분이다. 평소 마음에 들어하지 않는 녀석의 직계가 사고를 쳐서 더욱 그러하다.

"나도 마피아에 서열이 있다 들었습니다. 맞습니까?"

"…맞습니다. 이바노비치 보스께서 후계자로 지목을 하셨으니까요."

"그렇다면 저 친구도 내 밑인 거죠?"

"그렇습니다. 그런데 왜……?"

"한국에도 고리대금업을 하는 놈이 제법 많습니다. 서민들의 고혈을 빨아 제 배를 채우는 그놈들이 있어 이실리프 뱅크를 낸 겁니다."

"……!"

방금 현수가 한 말에는 행간의 의미가 내포되어 있다. 고리대금업을 혐오한다는 뜻이다.

머리 좋은 지르코프가 어찌 눈치채지 못하겠는가!

"앞으로 제 조직에서 그런 일은 하지 않도록 하겠습니다. 그리고 저놈에 대한 처분은 미스터 킴에게 일임합니다."

말을 마친 지르코프가 운전자에게 눈짓하자 글로브박스[16]에 있던 권총을 꺼내온다. 하늘 모르고 까부는 놈일 수 있으니 미리 준비한 것이다.

"잠시 이곳에 계십시오."

말을 마친 현수는 지르코프의 대꾸도 듣지 않고 성큼성큼 걸었다. 양복을 입었지만 넥타이는 매지 않은 상태이다.

"잠시만요!"

사람들 틈을 헤치고 앞으로 나가자 말코이 사샤 이반스키가 바라본다. 싫어하는 동양인이 다가온 때문이다.

---

16) 글로브박스 : 조수석에 앉은 사람의 무릎 높이쯤에 위치한 수납공간.

그런데 곧바로 발작하진 않는다. 현수가 말끔한 양복 차림이기 때문이다. 이 마을 사람이 아니라는 뜻이다.

"뭐야, 넌?"

"말코이 사샤 이반스키? 조직의 중앙에서 이 사람들에게 대출해 준 것에 대한 이자를 올리라고 했다고?"

"…누구냐고 물었다!"

"나? 상부에서 온 사람."

"상부? 무슨 상부? 우리 레드마피아의 중앙엔 너 같은 동양인은 없다. 어디서 감히……!"

현수를 매섭게 노려본 이반스키는 시선도 떼지 않은 채 곁에 있는 부하들에게 명령을 내린다.

"발레리, 막심! 저놈 잡아!"

"네, 보스!"

말이 떨어지기 무섭게 뒤쪽에 있던 두 녀석이 단상 아래로 내려온다. 현수가 무기를 소지하지 않았다는 걸 안다는 듯 맨손이다.

"홀드 퍼슨! 홀드 퍼슨!"

현수의 입술이 달싹이자 흉흉한 기세로 달려들던 발레리와 막심이 멈춰 선다. 두목의 명이 떨어졌으니 얼른 달려가 현수를 작살내야 하는데 갑자기 발이 떨어지지 않자 '이게 대체 무슨 일인가?' 하는 표정이다.

막심과 발레리가 멈칫거리는 동안 현수는 이반스키에게 몇 걸음 더 다가섰다.

"말코이 사샤 이반스키라고 했나?"

"뭐야? 어디서 감히 내 이름을! 누구야? 누가 내 이름을 너 같은 노랭이에게 가르쳐 준 거야?"

이반스키는 두 눈이 째진 동양인이 자신에게 정면으로 도전하는 듯한 이 상황이 마음에 들지 않았다. 하여 눈을 부라리며 곁에 있는 부하들에게 눈짓한다.

"이고르! 일리야! 가서 놈을 잡아!"

"네, 보스!"

이반스키의 명이 떨어지자 품에 있는 우지 기관총을 꺼낸다. 도주하면 쏘겠다는 무언의 의사 표시인 모양이다.

하지만 이고르와 일리야 역시 발레리와 막심의 곁에 멈추게 된다. 10서클 마법사인 현수의 홀드 퍼슨은 인간의 힘으로는 풀어낼 수 없는 강력한 마법이다.

저승 세계의 문지기 케르베로스(Kerberos)를 포획했다는 헤라클레스(Hercules)조차 이 마법에 걸리면 꼼짝을 못한다.

하물며 말단 마피아 단원이 어찌 이를 이겨내겠는가!

"으읏! 왜, 왜 이래? 이, 일리야! 나 좀 봐! 내가 왜 이래? 으으, 못 움직이겠어."

"으으! 나도 그래. 갑자기 몸에 마비가 왔나봐. 꼬, 꼼짝도

할 수 없어."

일리야의 말이 끝나자 앞에 있던 막심이 입을 연다.

"나도 그래. 갑자기 손가락 하나 까딱할 수가 없어. 왜 이러는 거야? 혹시 귀신 들린 거야?"

"막심, 너도 못 움직여? 끄응! 왜 이러지? 이상해."

발레리 역시 움직이지 못함을 호소했지만 누구도 귀담아 듣지 않는다. 현수가 몇 걸음 더 이반스키에게 다가서자 위쪽에 있던 녀석이 밑으로 내려온 때문이다.

빈민촌 사람들은 우려 섞인 표정으로 현수를 바라본다.

이반스키에 비하여 현저히 체구도 작고 혼자의 몸이기 때문이다.

"감히 노랭이 주제에 내가 말하는데 끼어들어? 그리고 뭐? 상부에서 왔다고?"

한 칸 한 칸 계단을 내려올 때마다 씹어 먹을 듯 노려보던 이반스키는 끼고 있던 장갑을 당겨 끼운다. 오랜만에 눈엣가시 같은 노랭이 하나를 작살낼 요량이다.

모스크바의 뒷골목을 주름잡을 땐 상당히 많은 동양인을 패주었다. 그중엔 여자도 여럿 있다.

돈 다 뺏고 으슥한 곳으로 끌고 가 욕을 보인 뒤 마구 패서 아무 데나 버렸다. 그중 몇몇은 죽었을 것으로 추정된다.

동양인들은 무술을 배웠다며 온갖 폼을 다 잡았다. 하지만 이반스키를 감당해 내진 못했다.

신장 195㎝, 몸무게 140㎏의 근육질 거구에게 어설픈 실력을 드러내려다 반쯤 죽었을 뿐이다.

이반스키는 마른 입술에 슬쩍 핥고는 품속의 칼을 뽑아 들었다. 상대에게 위압감을 주기 위함이다.

하지만 현수는 태연자약하다. 이반스키가 다가섬에도 물러서지 않고 시선을 주고 있다.

"크흐흐! 노랭이, 어딜 분질러 줄까? 척추? 목?"

으득! 으드득! 으드드득!

다가서며 목운동이라도 하는지 고개를 젓는다. 그때마다 뼈 부딪치는 소리가 들린다.

현수는 오른 다리를 뒤로 슬쩍 빼곤 자세를 낮췄다. 강력한 한 방을 준비하는 자세이다. 그리곤 올 테면 와보라는 뜻으로 손끝을 까딱거렸다.

"크흐흐! 아주 뒈지려고 작정을 했군! 좋아, 그렇다면 화끈하게 목뼈를 꺾어 세상 하직하게 해주지!"

들고 있는 칼을 휘휘 저으며 다가서던 이반스키는 잠시 멈칫거리는가 싶더니 섬전처럼 주먹을 휘두른다.

물론 본인이 기준일 때 그러하다. 그랜드 마스터인 현수의 눈에는 슬로우비디오처럼 느려터진 주먹이다.

그런데 놈의 덩치가 커서 그런지 주먹도 엄청 크다. 초등학생 머리 정도 되는 크기이다.

휘익! 획! 퍼억—!

"컥! 끄아아아악!"

슬쩍 자세를 낮춰 이반스키의 주먹을 피한 현수는 몸을 일으킴과 동시에 강력한 로우킥을 날렸다.

자세를 바로 하기도 전에 허벅지 안쪽에서 느껴지는 강력한 통증에 이반스키는 비명을 지르며 쓰러진다.

"어허! 뭐가 이렇게 시원치 않아? 겨우 한 방인데 항복이야? 그런 거야?"

"이, 이놈! 크흐윽!"

동양의 꼬맹이에게 맞은 게 부끄럽다는 듯 버럭 소리를 지른 이반스키는 자리에서 일어서려다 도로 주저앉는다.

"어서 일어나! 그거 가지고 되겠어?"

"이, 이놈! 크흐윽!"

억지로 몸을 일으킨 이반스키는 불량기 좔좔 흐르는 눈빛으로 현수를 노려본다. 그런 그의 손에는 잘 벼려진 버터플라이 나이프[17]가 들려 있다.

얼마나 손에 익었는지 쓰러졌다 일어나는 짧은 사이에도 빠른 오프닝 및 클로징 기술인 패스트 드로우(Fast draw)를 시도하고 있다.

---

17) 버터플라이 나이프(Butterfly knife) : 두 개의 손잡이가 있는 접이식 주머니 나이프. 팬 나이프(Fan knife), 또는 발리송(Balisong)이라고도 부른다.

철컥, 철커덕—!

현수의 눈엔 결코 보기에 좋지 않다.

"사내새끼가 멀쩡한 주먹 놔두고 흉기나 휘두르다니… 가서 부랄 떼고 와라."

"뭐야? 이런 시러배 잡상인 같은 십장생이!"

빠른 속도로 러시아 비속어를 토해놓은 이반스키는 현수와 시선이 떨어지는 바로 그 순간 버터플라이 나이프로 가슴을 찌른다.

이 공격이 먹히면 현수는 즉사한다. 정확히 심장 부위를 노린 공격이기 때문이다. 하지만 당해줄 현수가 아니다.

놈의 칼이 가까이 다가오자 두 손을 내밀어 휘감았다. 그러자 버터플라이 나이프가 허공으로 솟아오른다.

마치 무협영화에 나오는 한 장면처럼 짧았지만 실상은 여러 개의 수가 시전된 것이다.

현수는 오른손으로 상대의 손목을 잡았다. 같은 순간 왼손은 놈의 합곡 부위를 강하게 압박했다.

참고로 합곡이란 엄지랑 검지 사이의 손등 부분이다.

손목과 합곡에서 느껴지는 통증에 놀라 힘을 빼는 순간 놈의 손을 위로 추켜올렸다.

그 순간 버터플라이 나이프가 빠져나간 것이다.

같은 순간, 반보 앞으로 나간 현수는 놈의 왼다리 허벅지 뒤쪽 은문혈(殷門穴) 부위를 강하게 후려 갈겼다.

퍼억—!

"크으윽!"

순식간에 느껴지는 격통에 이반스키는 신음을 토하며 주저앉는다. 실로 오랜만에 느껴보는 통증인 때문이다.

그런데 너무 강력했는지 오만상을 찌푸린다. 이때 현수의 발이 놈의 턱을 걸어찬다.

퍼억—!

"캐액—!"

쿵! 와당탕! 와장창창—!

이반스키의 육중한 몸이 잠시 허공으로 솟는다. 그리곤 곧바로 곁에 있는 드럼통과 부딪친다.

사람들이 추우 때 불을 지피던 것이지만 지금은 꺼져 재만 수북한 것이다. 급작스런 충격에 드럼통이 쓰러지면서 담겨 있던 재를 뿜어냈다. 이때 이반스키의 몸이 그 속으로 쓰러진다. 그리고 순식간에 신데 이반스키가 되어버렸다.

참고로 어린이들이 즐겨 읽는 동화 중 '신데렐라'가 있다.

이 동화의 주인공 이름 신데렐라를 보통 사람들은 그냥 여자아이 이름이라 생각한다. 그런데 이 말은 프랑스어로 신데(Cinder)와 사람 이름 ella의 복합어이다.

따라서 신데렐라는 '재투성이 엘라'라는 뜻이다.

계모의 핍박 때문에 부엌데기가 된 엘라를 일컫는 말인데 사람 이름인 것으로 오인하는 것이다.

아무튼 재투성이 이반스키라 신데 이반스키가 된 것이다.

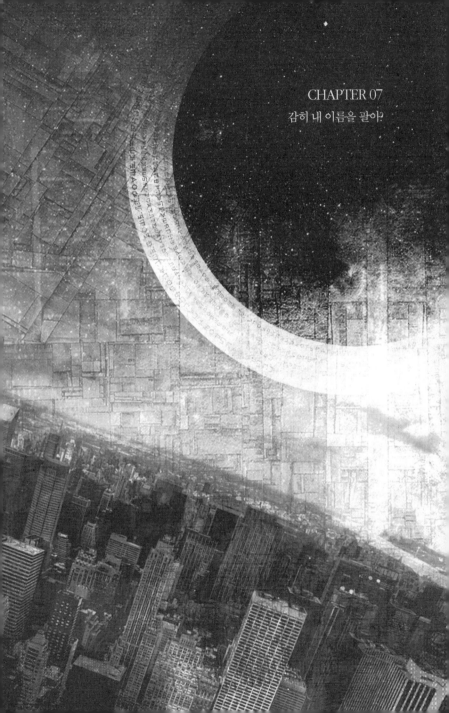

CHAPTER 07
감히 내 이름을 팔아?

"으읍! 퉤퉤, 퉤퉤퉤!"

입안으로 들어간 재를 뱉어내며 일어서려던 이반스키는 피 섞인 재를 보고는 이빨을 더듬어본다.

혹시 부러졌나 싶은 것이다.

한편, 곁에서 구경하던 군중들은 놀랍다는 표정이다.

덩치가 훨씬 큰 이반스키를 일방적으로 구타하는 현수는 겉보기엔 호리호리하다.

하여 동양의 무술을 익힌 고수쯤으로 바라본다. 그런데 정체가 궁금한지 서로에게 현수를 아는지 묻는 모양이다.

"조금 전 너는 지르코프 야진스키 이바노바가 이자율을 올리라고 해서 그랬다고 했다. 맞나?"

"으으! 누, 누구십니까?"

맞은 건 허벅지와 턱뿐이다.

그런데 손목은 시큰거리고, 골이 흔들린 것 같으며, 다리에선 아예 쓰지 못할 듯한 격통이 느껴진다.

이반스키는 현수가 평범한 사람이 아니라는 걸 직감했다. 그렇기에 저도 모르게 말을 높이고 있다.

"아까 이야기했다. 상부에서 나왔다고."

"…누, 누구신지 말씀해 주십시오. 조, 조금 전엔 제, 제가 무례를 범했습니다."

동양인 알기를 개떡만도 못하게 여기는 이반스키지만 왠지 현수에겐 함부로 대하면 안 될 듯한 아우라가 뿜어지고 있다.

그랜드 마스터가 마음 놓고 기세를 뿜어내면 아르센 대륙의 소드 마스터들도 심신이 위축되는 느낌을 받는다.

하물며 평범한 인간인 이반스키는 어떠하겠는가!

괜스레 부들부들 떨리고 무모하게 도발했다간 그대로 짓뭉개질 듯한 심리적 압박감 때문에 숨 쉬는 것조차 어렵다는 느낌을 받는 중이다. 그렇기에 안하무인이던 이반스키가 이토록 공손해진 것이다.

"나? 나는 알 필요 없어. 미스터 지르코프!"

현수의 시선의 받은 지르코프가 나서자 이반스키의 안색이 창백해진다. 사진으로만 본 직속상관의 직속상관의 직속상관의 직속상관이시다. 그리고 조금 전에 자신이 이름을 팔아먹은 장본인이다.

"보, 보, 보스! 크흑! 자, 잘못했습니다!"

털썩―!

지르코프의 싸늘한 시선을 받은 이반스키는 오체투지 비슷하게 바닥에 엎드려 고개를 조아린다.

노보로시스크는 물론이고 인근 지역의 모든 마피아는 젊은 시절 피의 투쟁을 벌이던 지르코프에 관한 이야기를 들은 바 있다. 단신으로 자신에게 항쟁한 조직원들을 직접 소탕한 것이다.

부친으로부터 조직을 물려받고 얼마 지나지 않았을 때 어린 보스를 탐탁지 않게 여기던 중간 보스들이 세력을 규합하여 일종의 쿠데타를 일으켰다.

지르코프는 보스가 된 후 면밀히 조직을 파악했다. 어디서, 누가, 어떤 일을 하는지를 살펴본 것이다.

그러다 마약 거래와 인신매매로 쏠쏠한 수입을 올리는 조직이 있음을 알게 되었다.

본시 의사였기에 마약이 어떤지를 너무도 잘 알고 있다. 마약은 사람을 극도의 타락으로 몰아넣다.

그리고 인신매매는 한 인간의 존엄성을 무자비하게 무너뜨리는 일이다.

지르코프가 이런 행위를 금지시키자 이것으로 수입을 올리던 중간 보스들이 불만을 갖게 된 것이다.

이들이 행해온 악행을 알게 된 지르코프는 부친으로부터 물려받은 친위대를 동원하여 직접 응징에 나섰다.

그때 200여 명의 마약 제조 및 밀매조직과 인신매매 조직이 소탕되었다. 신문에는 스페츠나츠가 나서서 정리한 것으로 보도되었지만 실제는 지르코프와 친위대가 벌인 일이다.

당시 지르코프는 선두에 서서 반역자들을 처단했다.

당시 이들을 상대하기에 앞서 그간 벌어진 일들을 확인해 보았다. 그 결과 사람이라고 할 수 없는 너무도 많은 악행이 자행되었음을 알 수 있었다.

하여 살려둘 가치조차 없는 버러지만도 못한 존재라는 판단을 내렸기에 추호의 망설임도 없이 무자비하게 처단했다.

그때 이후 지르코프는 노보로시스크 최고의 냉혈한으로 소문이 났다. 눈 하나 깜박이지 않고 심장을 쏘고, 두개골에 구멍을 뚫었다. 도끼로 이마를 찍기도 했다.

응징이 끝났을 때 지르코프는 머리에서 발끝까지 핏물로 범벅이었다. 그 상태로 친위대와 함께 보드카를 마셨다.

가히 지옥에서 생환한 악귀 같은 모습이었을 것이다. 하지만 지금은 모든 조직원이 진심 어린 경배를 보낸다.

예전엔 무자비하면서도 냉혹했지만 지금은 조직원들의 아픔과 어려움을 보듬어 안아주는 인자한 보스가 된 때문이다.

어쨌거나 이반스키는 지르코프와 시선이 마주치자 맹수를 만난 초식동물처럼 겁에 질린 표정이 된다.

자신이 이름을 함부로 팔아먹었으니 어쩌면 오늘로서 세상을 하직할 수도 있음을 직감한 때문이다.

"사, 살려주십시오. 저, 정말 잘못했습니다."

"이자율은 누가 올린 건가?"

"…제, 제가……."

"왜지?"

음성에 고저가 없으니 더욱 무섭게 느껴진 듯 이반스키의 하의가 젖기 시작한다. 소변을 지린 것이다.

"안나라는 년이 나, 나타나서 원금을 모두 갚아버렸기에 다음 달부터는 수입이 크, 크게 줄어들 게 우려되어서… 그래서 그랬습니다. 요, 용서해 주십시오."

말을 마친 이반스키는 제 이마로 땅을 들이박는다.

쿵―!

"크윽!"

말을 하다 그래서 그런지 혀라도 깨문 듯 한줄기 선혈이 입가로 흘러내린다. 하지만 지르코프의 표정은 변화가 없다.

"모스크바의 알렉세이 이바노비치라는 분을 아나?"

"…그, 그럼요! 하, 하늘같이 높으신 분이시지요. 우리 레드마피아 전체를 휘하에 두신 분이십니다요."

차마 이름까지 언급할 수 없다는 듯한 눈빛이다.

"최근 그분의 후계자가 결정되었다는 건 아나?"

"후, 후계자요? 누, 누구십니까?"

이반스키는 거의 말단에 가까운 졸개이기에 아직 중앙의 소식을 모르는 모양이다.

"김현수라는 한국인이지. 후계자일 뿐만 아니라 보스의 사위이기도 해. 그리고 지금 내 곁에 서 계시지."

지르코프가 자연스레 현수에게 시선을 돌리자 이반스키 역시 현수를 바라본다.

"허억! 네에?"

이반스키의 눈은 금방 화등잔만 해진다. 그리고 도저히 믿을 수 없다는 표정이다.

하늘같이 높디높은 보스가 한국인을 사위로 맞이한 것만으로도 놀라운 일인데 후계자로 지목했다고 한다.

상명하복이 철저한 조직인지라 나이에 관계없이 50만 명에 달하는 레드마피아 중 서열 10위 안에 든다는 뜻이다.

그리고 이바노비치에게 유고가 발생되면 즉각 서열 1위가 된다는 말이기도 하다.

"저, 정말이십니까?"

이반스키는 너무도 놀라운 이야기를 들었기에 자신의 귀가 잘못된 것이 아닌가 싶은 모양이다.

"그리고 네가 방금 욕설을 섞어 지칭한 안나 여사는 후계자의 장모님이시다."

"네에? 뭐, 뭐라고요?"

이반스키는 감히 보스인 지르코프에게 얼른 대답해 달라는 표정을 지어 보인다.

현수는 이바노비치의 사위이다.

그런데 이곳 검은 까마귀 마을에 와서 빈민들의 빚을 갚아준 안나가 장모라면 이바노비치의 아내라는 뜻이다.

조금 전 자신은 '안나라는 년'이란 표현을 썼는데, 이는 즉각 사망에 이르게 할 상관 모독이다. 이런 사실을 잘 알기에 이반스키는 겁에 질려 똥까지 싼다.

뿌지직, 뿌지지직—!

거의 매일 마시는 술 때문에 과민성대장중세가 있어서 설사가 뿜어진 것이다.

"크으! 냄새!"

지르코프는 지독한 냄새에 코를 잡으며 물러선다.

제아무리 카리스마 넘치는 냉혈한이라 할지라도 이런 냄새 앞에선 소용이 없는 모양이다.

이 순간 현수의 입술이 달싹인다.

"매직 캔슬! 에어 퓨리파잉!"

말이 떨어지기 무섭게 바실리와 막심, 그리고 이고르와 일리냐의 무릎이 꺾인다. 아울러 이반스키의 몸에서 뿜어지던 구린내가 사라진다.

쿵, 쿵, 쿵, 쿵—!

"보, 보스를 뵙습니다!"

몸만 움직일 수 없었을 뿐 모두 보고 들었기에 이들 역시 겁에 질린 표정이다. 이반스키의 명에 따라 과도한 이자를 내라고 강요한 장본인들이기 때문이다.

지르코프는 싸늘한 시선으로 이들 넷을 둘러보았다.

"너희는 이반스키가 내 이름을 파는데도 말리지 않았다. 얼마나 큰 무례를 범한 건지 아나?"

"주, 죽여주십시오. 보스! 정말 잘못했습니다."

"크흐! 죄송합니다. 죽을죄를 지었습니다."

쿵, 쿵, 쿵, 쿵—!

조금 전의 '쿵'은 무릎이 땅에 닿는 소리였고, 이번의 것은 이마가 닿는 소리이다. 그런데 거의 음량이 같다.

두개골이 빠개지는 한이 있더라도 용서받아야 한다는 마음뿐이기 때문이다.

"나는 너희를 조직에서 제명하려 한다."

"네, 네에? 그, 그건 아, 안 됩니다! 정말 잘못했습니다! 무엇이든 시키는 대로 할 테니 제발, 제발 제명만은… 보스! 제명만은 말아주십시오! 부탁드립니다!"

넷은 더없이 당황한 표정이다. 레드마피아에서 제명당하는 것은 단순히 체면만 깎이는 불명예가 아니다.

조직에서 제명당하게 되면 그간 지은 죄가 일목요연하게 기록된 고발장이 경찰서에 접수된다.

당연히 체포당하게 되는데 정작 심각한 일은 그다음에 벌어진다. 교도소 내의 폭력에 고스란히 노출되는 것이다.

물론 가해자는 레드마피아 조직원이다. 그래서 감히 반항할 마음조차 품을 수 없다.

그랬다가는 거의 매일 죽을 정도까지 맞는다. 한 주먹은 결코 열 주먹을 감당해 낼 수 없기 때문이다.

모든 형기를 채우고 출소하게 되면 조직에서 보낸 암살자에 의해 목숨을 잃는다.

이러는 동안 은닉해 둔 모든 재산을 조직에서 가져간다. 남은 가족 전부 한순간에 거지가 되어버리는 것이다.

그러니 제발 제명만은 말아달라고 애원하는 것이다.

"미스터 지르코프!"

"네!"

"이자들에 대한 처분을 제게 일임해 줄 수 있겠습니까?"

"물론입니다. 미스터 킴은 서열상 나보다 위에 있습니다. 그러니 사소한 건 묻지 않아도 됩니다."

"고맙군요."

현수는 지르코프에게 슬쩍 고개를 숙여 예를 표했다.

그의 말대로 현수의 서열이 더 높다. 하지만 직계가 아닌 조직원들까지 마음대로 하는 건 예의가 아니다.

그렇기에 물은 것이다.

몸을 돌린 현수와 시선이 마주치자 이반스키는 죽을죄를 지었다는 듯 고개를 조아리며 애원한다.

"제발 제명만은 말아주십시오, 보스!"

지르코프보다도 서열이 높다니 저절로 나오는 말이다.

"제명만 아니면 무엇이든 하겠느냐?"

"그, 그럼요! 뭐, 뭐든 시켜만 주십시오!"

"좋아, 너희 다섯은 이 시간부로 이곳 검은 까마귀 마을의 청소부이다. 매일 온 동네의 쓰레기 치우는 일을 해라."

"……?"

"청소를 시원치 않게 하여 이 마을 사람의 입에서 불만이 터져 나오면 그때는 조직에서 제명이다. 하겠느냐?"

"하, 합니다. 암요! 하구말구요. 매일 마을 전체를 깨끗이 쓸겠습니다. 가, 감사합니다."

아무리 달동네처럼 촘촘히 모여 사는 마을이라 하지만 명색이 800가구가 사는 곳이다.

빗자루를 들고 최소 서너 시간은 쓸어야 끝날 일이다.

"처벌 기간은 오늘부터 1년! 1년간 이 마을의 청소부가 되어 쓰레기를 치우고 마을 사람들을 돕는 일을 한다."

"…알겠습니다, 보스! 저희의 무례를 용서해 주셔서 감사합니다, 보스!'

다섯은 혹시라도 마음이 변할까 싶은지 얼른 고개를 조아린다. 이때 지르코프가 끼어들었다.

"지금까지 이자율이 얼마였지?"

"…경우마다 달랐지만 대략 72% 정도 되었습니다요."

말은 이렇게 했지만 실제론 144%를 넘게 받기도 했다.

아무튼 연 72%면 월 6%의 이자율이니 빚이 2,000달러이면 매달 120달러를 이자로 챙겼다는 뜻이다.

대략 14만 원쯤 된다.

의사 평균 수입이 107만 원인 곳이니 14만 원이면 엄청 큰 돈이다. 이러니 원금을 갚을 수 없었던 것이다.

머릿속으로 계산을 마친 지르코프는 멀찌감치 떨어져서 시선을 주고 있는 군중들을 바라보았다.

뭔가 애원하는 표정, 신기해하는 표정이다.

"이 시간부로 이자율을 낮춘다. 연 12%만 받도록."

2014년 현재 러시아 은행들의 대출 금리는 11.1%이다.

담보 제공 대출이 이러하다. 신용대출의 경우는 30%를 넘기기도 한다. 따라서 지르코프가 받으라고 한 연 12% 이자율은 결코 높은 게 아니다.

지금까지 월 120달러를 이자로 내던 사람은 20달러만 준비하면 된다. 부담이 확 줄어든 것이다.

이반스키는 방금 한 말이 진심이냐는 표정을 짓는다.

"보스, 월 1%의 이자율이면 상납하는 금액이 대폭 줄어듭니다. 조직 운영에도 차질이 생기구요."

"그래도 상관없다. 그리고 앞으로 고리대금업은 하지 않는다. 원금이 모두 회수되면 사업을 접도록."

"네? 그럼 저흰 무얼⋯⋯?"

무슨 돈으로 조직을 유지할 것이냐는 뜻이다.

"이제 너희에게 주어지는 일이 바뀌게 될 것이다. 그전에 미스터 킴의 말씀대로 이곳에서 1년간 청소를 해라. 그 일이 끝나면 내게 연락하도록."

지르코프가 지갑에서 명함을 꺼내 건네주자 황송하다는 표정으로 그것을 받아 든다.

"1년 후 그걸 가지고 날 찾아와라."

"네, 보스."

이반스키를 비롯한 다섯 모두 고개를 조아린다. 이때 현수가 입을 연다.

"안나 여사는 어디에 계시는가?"

"네? 아, 네. 그, 그분께서는 저기 저 안쪽의 세르게이네 집에 계십니다."

"그래? 안내하라."

"네? 아, 알겠습니다요. 저, 저를 따라오시지요."

얼른 자리에서 일어선 이반스키가 손짓하며 앞장선다.

맞은 데가 아픈지 절뚝거리는 모습이 우스꽝스럽다.

평상시 같았으면 킬킬대며 웃었겠지만 그러지 않았다. 보스로서의 체면을 차려야 하는 상황이기 때문이다.

잠시 걸으니 통나무로 지은 목조주택이 보인다.

그런데 얼마나 오래되었는지 몹시 낡은데다 곳곳이 썩어 있다. 추운 겨울을 어찌 보냈을지 심히 걱정되는 모습이다.

세르게이의 오두막은 문이 열려 있고, 안에선 밝은 불빛이 흘러나온다. 뿐만 아니라 구수한 냄새와 떠들썩한 웃음소리까지 들린다.

몹시 화기애애한 분위기인 듯싶다.

"여, 여깁니다요. 보스! 아, 안나 사모님께서는 아, 안에 계십니다요."

이반스키는 안나가 이바노비치의 부인인 것으로 오인하고 있기에 몹시 절절맨다. 안나를 지칭하며 욕을 한 것이 마음에 걸린 때문일 것이다.

"그, 그럼 저는 이만 물러가겠습니다요."

"어, 그래, 수고했네."

현수의 말이 떨어지기 무섭게 이반스키와 그 일당은 꽁지가 빠져라 후다닥 달려간다.

분대장이 군단장과 함께하던 상황과 비슷한 때문이다.

모퉁이를 돌아간 이반스키는 놀란 마음을 진정시키려 가슴을 쓰다듬었다. 곧바로 당도한 막심 등은 헐떡이는 숨을 다스리다가 물러선다.

"보스, 냄새가 너무 심합니다."

"맞습니다. 얼른 가서 씻으십시오. 냄새가 너무 고약합니다. 대체 뭘 먹었기에……."

겁에 질려 똥오줌을 모두 지렸으니 어찌 안 그렇겠는가!

"인마, 지금 냄새가 문제야? 하마터면 조직에서 제명당할 뻔했는데……."

"아, 맞아. 보스, 보스는 얼른 가서 씻으십시오, 우린 빗자루랑 쓰레받기 등을 챙길 테니."

"맞습니다. 분명 오늘부터 일 년이라 하셨습니다. 조금 있으면 해 떨어지니 서둘러야 합니다."

"보스, 우리 먼저 가겠습니다."

막심 등은 서둘러 사무실 안으로 들어간다. 청소용구가 그곳에 있기 때문이다.

홀로 남게 된 이반스키는 좀처럼 진정되지 않는 심장 부위를 쓰다듬으며 중얼거린다.

"허메! 오늘 돌아가실 뻔했구만."

이들은 몰랐다. 검은 까마귀 마을이 얼마나 넓은지, 그리고 얼마나 많은 쓰레기가 배출되는지를.

하루 종일 빗질을 해야 간신히 청소할 만큼 넓었고, 매일매일 배출되는 쓰레기를 처리할 곳이 없어 인근 야산의 땅을 파고 그곳에 묻어야 했다.

하여 매일 아침 5시부터 시작된 청소는 오후 7시가 넘어야 끝나곤 했다. 피곤에 지친 몸으로 저녁 식사를 하고 깜박 잠들었다 깨면 다음 날 오전 4시 반인 나날이 이어진다.

일요일도 없고 공휴일도 없으니 미치고 환장할 일이지만 조직에서 제명당하는 걸 피하려면 할 수 없다.

하여 매일매일 지친 몸으로 청소하는 삶을 살게 된다.

아무튼 이반스키가 중얼거릴 때 현수는 세르게이의 집안으로 들어서고 있었다.

"실례합니다."

"누구? 누구십니까?"

현수의 음성을 듣고 시선을 돌린 이는 60대 후반으로 보이는 사내이다. 그런데 현수가 처음 보는 얼굴인데다 말끔한 양복 차림인지라 경계의 빛이 완연하다. 이 동네에선 양복을 입고 다닐 사람은 마피아 단원 이외엔 없기 때문이다.

"체홉 여사님께서 여기 계시다는 말을 듣고 왔습니다."

"체홉 여사? 아, 안나?"

"네, 안나 게라시모바 체홉 그분이요. 안에 계시죠?"

"그렇기는 하네만……."

정확한 이름을 대자 경계의 빛이 약간 누그러들기는 했지만 완전히 긴장을 푼 건 아닌 듯 쏘아본다.

"아! 안에 계시다니 제대로 찾아온 거군요. 그럼 전갈을 부탁드립니다. 밖에 사위가 와 있다고 전해주시겠습니까?"

"사위?"

"네, 이리냐가 제 아내입니다."

"아, 그럼……."

사내는 들어본 바 있다는 듯 표정을 바꾼다. 그리곤 이내 손을 잡아끈다.

"안나의 사위라면 안으로 들어가야지. 자, 가세. 내가 안나에게 데려다 줄 테니."

"네, 감사합니다. 참, 미스터 지르코프, 여기서 잠시 기다려 주시겠습니까?"

"그러지요. 차에서 기다리겠습니다."

지르코프는 고개를 끄덕이곤 한 발짝 물러선다. 마음 놓고 다녀오라는 표정이다.

"안나! 안나!"

사내가 소리치자 안에서 떠들고 있던 사람들이 시선을 돌린다. 그러자 기다렸다는 듯 말을 잇는다.

"안나, 자네 사위 왔네! 사위 왔어!"

"……!"

모두의 시선이 현수에게 향한다.

방금 들은 말이 사실이냐는 눈빛과 안나의 사위가 어찌 생겼는지 궁금하던 차에 잘되었다는 표정이 섞여 있다.

현수는 가볍게 고개를 숙여 예를 갖추고는 사람들 속에 섞여 있을 장모를 찾았다. 이때 저쪽 문이 열리며 안나의 모습이 보인다. 화장실이라도 다녀오는 듯하다.

"아, 사위! 사위가 어떻게……?"

"장모님, 여기 계셨군요. 하하하!"

"어, 어서 오시게."

안나는 현수를 보고 어쩔 줄 몰라 한다. 사위이기는 하지만 대하기 어렵기 때문이다.

가난을 극복시켜 주었고, 손 하나 까딱하지 않아도 살 수 있도록 모든 여건을 만들어주었다. 게다가 마음 써준 사람들에게 신세를 갚으라고 엄청난 돈도 주었다.

그 덕에 이곳 검은 까마귀 마을에서 최고의 귀빈 대접을 받는 중이다. 다들 상전벽해가 된 안나의 처지를 부러워하면서도 고마워한다. 신기한 건 시기하거나 질투하진 않는다는 것이다.

일종의 기적으로 여기기 때문이다.

"지나는 길에 들렀습니다. 돈이 부족하진 않으셨어요?"

"돈? 아, 아닐세. 안 부족했네."

안나가 신세를 진 이웃은 이십여 가구였다.

그들 모두 빚으로부터 완벽하게 해방되었다.

지긋지긋한 고질보다도 더 없애기 힘든 빚 제거되자 세상이 달라 보인다고 고마워했다. 이제 노력만 하면 형편이 나아질 것이라 생각한 것이다.

소문을 듣고 찾아온 사람들의 딱한 사정에 안나 여사는 지갑을 열었다. 어차피 쓰라고 준 것이고, 사위가 얼마나 부자인지를 알기에 기꺼이 빚을 갚아준 것이다. 본인도 어려울 때가 있었기에 그들의 마음을 헤아린 때문이기도 하다.

어느 정도 빚 탕감이 끝났다. 300가구쯤 어려움이 해결되자 더 이상 읍소하는 사람이 없었다. 하여 검은 까마귀 마을엔 더 이상의 빚쟁이가 없다고 생각했다. 마을의 모든 가구가 빚에 허덕이고 있다는 건 모르기 때문이다.

오늘은 마을 잔치를 벌일 예정이다. 이제 빚도 갚았으니 새로운 마음으로 다시 시작하자는 의미의 잔치이다.

안나는 이곳에 올 때 식재료를 다섯 트럭이나 가져왔다.

촌장이 나서서 검은 까마귀 마을 800여 가구 전부에게 골고루 분배하고도 많이 남아 그것으로 한바탕 큰 잔치를 벌이려 모인 것이다.

이 마을에서 가장 넓은 집이 세르게이네 집이다.

마구간을 개조한 집이기 때문이다. 그래서 이곳에 모여 잔치 준비를 하고 있었던 것이다.

"뭐하던 중이세요?"

"으응, 잔치. 마을 잔치를 준비하는 중이었네."

"아! 그렇군요. 저도 끼워주실 거죠?"

"그럼, 그럼! 당연하지. 자자, 어서 이쪽으로 앉게나."

"하하! 네. 근데 뭐 만드시던 중이세요? 저도 요리를 좀 하는데."

현수의 너스레를 들은 할아버지 하나가 듣던 중 반갑다는 듯 얼른 끼어든다. 여든은 족히 되어 보이는 어르신이다.

"그려? 잘되었네. 그렇지 않아도 메뉴가 시원치 않아 걱정했는데 안나네 사위가 요리를 잘한다니 참 다행이구려. 안 그려, 할망구?"

"아이고, 그러게 말이에요. 한국 사람이라고 했지? 거기 불고기가 아주 맛있다는 말을 들었는데 혹시 그거 할 줄 아는가?"

"불고기요? 그럼요. 시켜만 주십시오. 한국의 불고기 맛을 보여드리겠습니다."

보통 사람 같으면 불고기의 주요 재료인 참기름, 간장, 물엿, 그리고 청주가 없다고 난색을 표했겠지만 현수는 아니다.

이런 건 아공간에 충분히 담겨 있다. 800가구가 아니라 8,000가구를 위한 불고기 요리도 가능하다.

"그랴? 그거 잘되었구만. 그렇지 않아도 그 맛을 못 본 게 아쉬웠는데. 자자, 주방은 저쪽이네."

이 할아버지는 작년 가을에 노보로시스크 시내에 갔었다.

그때 어떤 기업이 노보로시스크 진출을 위한 한국의 밤 행사를 열었다. 회사를 알리는 동영상을 보여준 후엔 한국 음식을 대접했다. 그때 불고기가 선풍적인 인기를 끌었다.

다음 날 신문과 방송으로 보도될 정도였다.

그날 할아버지는 인근에 있었지만 행사가 있다는 것을 몰라 불고기 맛을 못 본 게 아쉬웠던 것이다.

"아! 그래요? 그럼 솜씨 한번 보여드리죠."

현수는 양복 상의를 벗고 와이셔츠의 소매를 걷어 올렸다. 안나 여사는 현수가 어떤 위치에 있는 사람인지를 알고 있다. 그렇기에 만류하려는데 현수가 선수를 친다.

"장모님, 장모님도 제 솜씨 아직 못 보셨죠? 오늘은 장모님을 위해 한번 만들어보겠습니다. 조금만 기다리세요."

이렇게 말하곤 주방으로 들어간다. 전기요금을 아끼려 와트 수가 낮은 전구를 써서 그런지 어두컴컴하다.

사람들은 불고기를 어떻게 만드는지 궁금하다는 듯 고개를 들이밀고 보고 있다. 마법을 쓸 수 없는 상황이다.

"이런, 이래 가지곤 불고기 못 만들지. 자아, 매스 패시네이션(Mass fascination)!"

나직이 중얼거린 이 한마디에 모두의 눈빛이 달라진다. 매혹 마법에 당했으니 당연한 일이다.

젊은 여자가 하나라도 있었으면 이 마법은 쓰지 않았을 것이다. 마법의 효력이 다하는 순간까지 오로지 현수만 생각하며 살 것이기 때문이다.

현수가 10서클 마스터인지라 저서클 마법의 효력은 상당히 길다. 젊은 여인이 있었다면 최소 일 년 동안은 상사병을 앓게 될 것이다.

어쨌거나 모두의 눈빛이 변하자 부러 웃으며 입을 열었다.

"여긴 제가 알아서 할 테니 모두 안으로 들어가세요. 안에 계시면 금방 만들어 드릴게요."

"알겠네. 자네 말대로 하지."

노인들부터 안으로 들어가기 시작하자 금방 주방이 빈다.

"아공간 오픈!"

얼른 아공간을 열곤 필요한 재료들을 꺼냈다. 매혹 마법에 현혹되지 않은 다른 사람들이 또 올 수 있기 때문이다.

"라이트!"

전구가 있는 부위에 광구가 생기도록 하니 한결 밝아진다. 현수는 서둘러 재료를 섞었다. 양념이 잘 배어들려면 시간이 필요하기에 타임 패스트 마법까지 걸었다.

다음은 속 깊은 프라이팬을 꺼내 양념된 불고기를 조리하기 시작했다. 많은 사람이 먹을 것이므로 먼저 만든 것은 보온 마법까지 걸어두었다. 그래야 맛이 있기 때문이다.

일련의 작업이 이루어지는 동안 안나 여사는 검은 까마귀 마을 사람들에게 킨샤사 이주를 권했다.

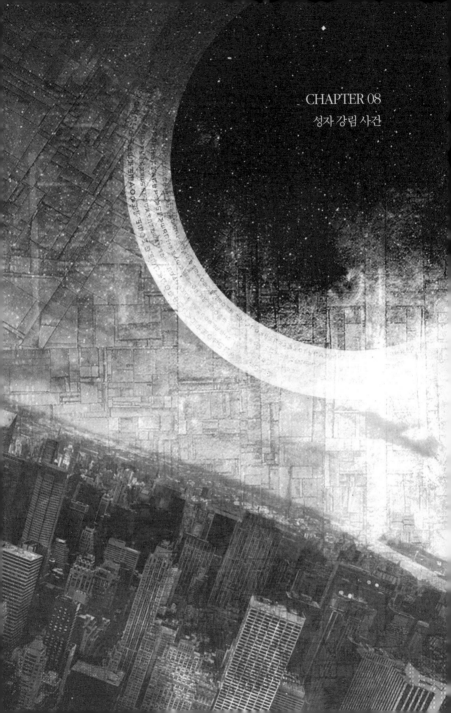

CHAPTER 08
성자 강림 사건

킨샤사에는 추운 겨울이 없다는 말에 모두들 솔깃해한다. 러시아의 겨울은 몸서리쳐지도록 춥기 때문이다.

공기가 차가운 겨울에는 근육이 수축되고 관절이 경직돼 관절염이 발생하기 쉽다. 이는 관절 부위가 붓거나 열감이 동반되며 통증이 느껴지는 병이다.

한국에서도 겨울이 되면 퇴행성관절염 증상은 더 심해진다. 하물며 러시아는 어떠하겠는가!

하지만 살던 곳을 버리고 아무 연고도 없는 곳으로, 게다가 일가친척 하나 없는 외국으로 간다는 건 내키지 않는 일이다.

뿐만이 아니라 언어도 다르다.

하여 사람들이 망설이는 표정을 지을 때 안나 여사가 말을 잇는다.

"거기 가면 우리 사위가 집도 하나씩 줄 거예요. 일할 수 있는 사람들에겐 직업도 줄 거구요. 그러니 가요."

누군가 눈이 번쩍 뜨인다는 듯 재빨리 반문한다.

"안나, 거기 가면 진짜 집을 줘?"

안나 여사의 반응 또한 빠르다.

"네, 그럼요! 우리 사위가 마음이 좋아서 집에서 일하는 하녀들까지 다 집을 지어줬어요. 침대 같은 가재도구도 주고 TV, 세탁기, 냉장고 같은 가전제품도 다 줬어요."

"정말? 아무 조건도 없이?"

본인들이 생각하기에 늙고 배운 바 없어 쓸모가 없는 인생이다. 목숨이 붙어 있어서 하루하루 사는 거지 무슨 희망이 있어서 사는 것이 아니다. 그런데 가기만 하면 집도 주고 직장까지 준다니 당최 믿기지 않는다.

그렇기에 믿을 수 없다는 표정으로 바라본다. 이에 안나 여사는 준비한 비장의 무기들을 푼다.

"할머니, 우리 사위가 만들어서 파는 게 있는데, 혹시 쉐리엔이라고 들어보셨어요?"

"쉐리엔? 살 빼는 거?"

들어본 적 있다는 듯한 뉘앙스가 느껴졌기에 안나는 힘을 얻어 크게 고개를 끄덕인다.

"네, 그 쉐리엔 맞아요. 우리 딸 이리나가 그거 모델 했잖아요. 그거 우리 사위 회사에서 만들어 파는 거예요."

"정말? 쉐리엔은 없어서 못 산다는 거잖아."

또 누군가가 아는 척을 한다. 사실 쉐리엔이 좋다는 것만 알지 검은 까마귀 마을 사람 중 어느 누구도 먹어본 적이 없다. 이자를 못내 이반스키 일당에게 늘 당하고 사는데 그거 살 여유가 있겠는가!

"맞아요. 그 쉐리엔. 그거 팔아서 엄청나게 큰 부자가 되었어요. 킨샤사에 가면 저택이 있는데……."

잠시 저택에 관한 설명이 이어졌다. 규모, 장식, 가구, 가전제품, 식재료 등에 관한 이야기를 들을 때마다 마치 딴 세상 이야기라는 듯한 표정을 짓는다.

평생을 가난하게 살아온 사람들이 재벌보다 더 부자인 현수의 일상을 어찌 짐작이나 하겠는가!

"안나, 자네 말이 사실인지 사위에게 물어봐도 돼?"

60살쯤 된 할머니의 말이다.

"그럼요. 조금 있다 오면 물어보세요."

대화가 이쯤에 이르렀을 때 주방의 현수는 약 50명분의 불고기를 만들어냈다. 조리에 마법이 사용되었기에 순식간에 이루어진 일이다.

부엌의 접시며 그릇을 보니 이빨이 나가 있지만 어쩌겠는가! 아공간의 것을 꺼낼 수는 없다.

하여 워싱 마법으로 세척시킨 후 수북하게 담아서 내갔다.

주방 문이 열리면서 냄새가 번지자 모두의 시선이 쏠린다.

"자아, 불고기 나갑니다!"

잠시 후, 모두들 접시에 코를 박고 폭풍 흡입을 시작한다. 러시아 사람들의 입맛에도 불고기는 일품이기 때문이다.

다시 주방으로 들어간 현수는 200인분의 불고기를 만들어냈다. 이걸 내어주니 금방 빈 그릇이 쌓인다.

주변에 있던 사람들까지 모두 달려들어 먹어댄 때문이다.

그러거나 말거나 불고기는 계속해서 만들어졌다. 일부는 지르코프와 운전자에게도 전해졌다.

둘 다 불고기 맛에 반해 더 달라고 왔다가 눌러앉아 배를 채웠다. 빈대떡과 해물파전을 만들어주면서 막걸리와 소주를 내주었다. 어디에서 난 건지 묻지도 않고 잘도 먹는다.

본격적인 잔치가 벌어지자 사람들을 위해 준비한 음식들을 조리하기 시작했다. 마법을 쓰기 어려워진 현수는 준비된 재료를 주고 만드는 방법을 알려주었다.

익히기만 하면 되는 상황이기에 어려운 일은 아니다.

잠시 후, 현수 역시 잔치에 끼어들었다. 어색할 것 같아 지르코프의 옆자리에 앉았다.

먹고 마시는 동안 많은 질문이 오갔다. 안나 여사의 말이 사실인지를 묻는 것이 주를 이루었다.

다들 자신들은 이미 늙은 데다 아무런 쓸모도 없다면서 자조 섞인 어투였다. 지금은 이렇게 말하지만 실제로 이주하겠다고 하면 골라내리라 생각한 듯싶다.

"다들 텃밭에서 농사지으시죠?"

"텃밭 없는 집이 어디 있어? 그리고 그게 농사야?"

"네, 농사 맞습니다. 저는 여러분이 오시면 농사짓는 걸 도와달라고 할 생각입니다. 당근을 재배하려 하거든요."

"당근을 심는다고?"

"네, 당근 재배하실 줄은 아시죠?"

"그럼. 근데 당근만 심나?"

"네! 도와주실 수 있죠?"

"그럼, 그럼. 근데 킨샤사라는 곳, 더운 데 아닌가? 당근은 28℃가 넘는 곳에서는 재배가 어려운데."

노인의 말은 사실이다.

당근은 서늘한 기후를 좋아하는 식물이기 때문이다. 그래서 날씨가 더워지면 줄기가 상하기도 한다.

킨샤사는 기온이 높고, 습한 열대기후이며, 우기와 건기가 있다. 연 평균 기온이 25.2℃ 정도 된다.

따라서 너무 더울 때를 빼면 당근 재배가 가능하다. 그런데 현수가 심으려는 건 당근이 아니라 바이롯이다.

당근과 비슷하게 생겼을 뿐 품종은 완전히 다르다. 다시 말해 열대기후라 하더라도 얼마든지 재배 가능하다.

그렇기에 노인의 말에 웃는 낯으로 킨샤사의 기온에 대해 이야기해 줬다. 월평균 기온이 23℃일 때도 있음을 이야기한 것이다.

"아! 그럼 아주 더울 때는 일을 안 하겠구만."

"당근이 안 자라면 그렇죠. 아무튼 가서서 농사짓는 걸 도와주시면 주거를 제공해드릴 것이고 급료도 드립니다."

"정말? 나 같은 늙은이도 괜찮은가?"

칠십쯤 되어 보이는 할아버지이다. 그런데 표정이 편해 보이지 않는다.

"물론 괜찮습니다. 그런데 어디 아프세요?"

"배가… 가끔 아픈데 오늘은… 으윽!"

말을 하다 말고 배를 움켜쥔다. 복통을 느끼는 모양이다.

"할아버지, 병원은 가보셨어요?"

"으윽! 병원? 아니! 으으윽!"

보아하니 돈이 없어서 병원에 가볼 생각조차 못 한 듯싶다.

"어디가 아프세요?"

"으으! 여기, 그리고 여기가… 으윽!"

통증을 억지로 참아내며 할아버지가 손으로 짚은 곳은 명치와 배의 오른쪽 위쪽이다.

"거기가 어떻게 아프신데요? 자주 아팠어요?"

"으윽! 여, 여기가… 으윽! 한 두어 시간쯤 이렇게 아프다가 괜찮아졌는데, 으으윽!"

심한 통증을 느끼는지 이맛살을 잔뜩 찌푸린다. 그러다 구역질을 하기 시작한다.

"우우욱! 우우우욱—!"

"아이고, 여보! 할아범! 여보!"

곁에 있던 할머니가 안타깝다는 시선으로 바라본다. 보아하니 배우자인 듯싶다.

"할머니, 할아버지 언제부터 이러셨어요?"

"지난겨울부터… 하루에도 몇 번씩 이렇게 아프다고 한다우. 심하면 토하기도 하고 몸에서 열도 많이 난다우."

"으음!"

현수는 뇌리 속에 담겨진 기억 가운데 이러한 증상을 보이는 질병을 찾아보았다. 러시아 사람이 가장 많이 걸리는 병 중 두 번째에 해당하는 담석증이 이러하다.

"잠시만요. 제가 할아버지를 살펴볼게요."

말을 마친 현수는 상대의 반응을 기다리지 않고 손목을 잡았다. 어찌 보면 진맥하는 모습처럼 보일 것이다.

"마나 디텍션!"

샤르르르룽—!

눈에 보이지 않는 마나가 맥문을 통해 할아버지의 체내로 스며든다. 잠시 후부터 체내 상황을 속속들이 보고하기 시작한다. 나이가 많아 장기 대부분이 노화되어 기능이 떨어진 상태라고 한다.

그러던 중 담낭에 심각한 문제가 발생되었음을 보고한다.

담석이 담낭경부에 감입[18]되면서 담낭에서 담관으로의 담즙 배출에 문제가 발생되었다고 한다.

이로 인해 담낭 내의 압력이 증가하였고, 담낭이 늘어나 통증이 발생된 것이다. 발열까지 있었다고 하니 담석증의 합병증인 담낭염, 또는 담관염이 심각하게 의심된다.

현수는 할아버지의 눈을 유심히 살펴보았다.

노란 색깔이 엿보인다. 혈중 빌리루빈[19] 수치가 상승되어 황달 증세를 보이는 것이다. 이 상태로 놔두면 패혈증으로 악화되어 끝내 사망에 이를 수도 있다.

이 모든 증상은 담석으로 인한 것이다.

따라서 배를 가르거나 복강경[20]을 이용한 담낭절제술 같은 근본적인 처치가 좋다.

---

18) 감입(Impaction) : 들어가 박힘.

19) 빌리루빈(Bilirubin) : 담즙 색소.

20) 복강경(laparoscope, 腹腔鏡) : 복부 측면에 작은 구멍을 내고 공기를 넣어 관찰하기 쉽게 부풀어 오르게 한 후 복강과 복강 안을 진찰 및 치료하기 위한 내시경(Endoscope).

수술하지 않는 방법으로는 초음파를 이용한 쇄석술이 있다. 다시 말해 초음파를 쏘아 돌을 잘게 부수는 것이다.

담석증의 경우 80%는 평생 아무런 증상도 보이지 않는다. 나머지 20%만이 복통을 느끼고, 그중 2%에서 담낭염 같은 합병증이 발생된다고 보고되어 있다.

"흐으음!"

진폐증의 경우는 미세먼지가 폐 속에 박혀 호흡을 곤란하게 하는 것이라 할 수 있다. 컴플리트 힐이나 리커버리, 회복 포션 같은 것으로도 효과를 볼 수 없다.

상처가 생겼거나 세포 조직이 변하여 발병된 것이 아니기 때문이다. 담석증 또한 비슷하다. 박혀 있는 돌이 문제이다.

마법으론 해결할 수 없는 것이다.

현수는 잠시 이맛살을 찌푸리며 뇌리를 뒤졌다.

한방 치료법으로 인진호탕과 대시호탕을 처방할 수 있다.

인진호탕은 인진호 40g, 대황과 치자 각 14g으로 만든다. 황달에 효험이 있다. 대시호탕은 시호 16g, 황금(黃芩)과 백작약 각 10g, 대황 8g, 지실 6g, 반하 4g으로 만든다.

담즙 배설을 촉진하고 담낭의 염증성 부종을 제거하며 근육의 긴장 완화 효과가 있어 담석증과 담낭염으로 인한 통증을 억제하는 효과가 좋은 것이다.

이 밖에 뇌출혈, 고혈압, 위염, 복통, 신장 결석, 장염, 유행성 감기 등에도 처방될 수 있다.

"흐음! 생약이라 좋기는 한데 시간이 많이 걸리는 게 단점이군. 한약을 먹어보지 않았으니 드시게 하는 것도 문제고."

잠시 현수가 턱을 괸 채 생각에 잠기자 사람들은 도대체 무슨 일이냐는 표정으로 안나를 바라본다.

자네 사위이니 어서 설명해 보라는 표정이다. 안나는 현수가 마법사라는 걸 알고 있다. 하지만 말해줄 수는 없다.

극비 중의 극비이기 때문이다.

안나가 머뭇거리는 순간 현수는 정령들을 떠올렸다.

진폐증 치료엔 엘리디아가 아주 유용했다. 바람과 불의 정령을 사람의 몸속에 넣어 좋을 일은 없을 것 같다.

"그런데 혹시 노에디아의 능력으로 가능할까?"

담석도 돌이므로 흙과 암석을 관장하는 정령의 능력이면 되지 않을까 싶은 것이다.

[아리아니, 노에디아 불러줄래?]

[네, 주인님!]

이 마을에 당도하자마자 현수의 어깨 위에서 노래를 부름 즐거워하던 아리아니는 어디론가 사라졌다.

돈이 없어 석탄 같은 땔감을 살 수 없던 마을 사람들이 인근 숲의 나무를 마구 베어낸 것을 알고는 화를 냈다.

어찌 된 상황인지 충분히 짐작되었지만 현수는 아무런 반응도 보이지 않았다. 말만 길어질 뿐이기 때문이다.

현수가 마나에 의지를 실어 보냈을 때 인근 숲을 둘러보며 귀여운 성질을 내던 아리아니는 쏜살처럼 복귀했다.

그리곤 명이 떨어지자마자 노에디아를 호출하기 위해 다시금 떠났다.

'마스터, 부르심을 받고 왔습니다.'

노에디아는 사람들 많은 이곳에 왜 자신을 불렀느냐는 표정으로 현수를 바라본다.

'이 사람 몸속 여기쯤에 작은 돌이 박혀 있을 거야. 그거 어떻게 안 돼?'

현수가 담낭 부위를 손으로 짚자 노에디아가 시선을 모은다. 사람의 몸을 투시하여 들여다보는 모양이다.

'말씀하신 대로 돌이 있습니다. 큰 것과 중간 치, 그리고 작은 것들이 있습니다. 어떻게 해드리면 되겠습니까?'

'그것들 모두 가루로 만들 수 있겠어?'

'뭐, 별로 어렵지 않은 일입니다. 지금 해드릴까요?'

너무도 흔쾌한 답변인지라 약간은 맥이 빠진다.

안 된다고, 그렇게 할 수 없다고 할지도 모른다 생각하고 있던 때문이다.

'정말? 그래주면 좋지. 부탁할게.'

현수의 뜻을 전해 들은 노에디아는 눈을 크게 뜬다.

'부탁이라니요. 마스터의 명이시니 당연히 따라야 할 일입니다. 그럼 시작하겠습니다. 가루로 내드리지요.'

"......!"

'다 되었습니다, 마스터!'

현수가 노에디아에게 담석을 가루로 내달라 한 지 불과 수 초 만의 일이다. 시간으로 따지면 1.3초쯤 될 것이다.

'벌써?'

현수는 정말이냐는 표정을 지었다. 이는 땅의 최상급 정령인 노에디아의 진실한 능력을 알지 못하기 때문이다.

강원도 설악산에 가면 울산바위가 있다.

설악산 신흥사의 연혁을 기록한 신흥사지라는 책에는 이 산에 대한 언급이 있었다고 한다.

비가 내리고 천둥이 칠 때 산 전체가 뇌성처럼 울리어 마치 산이 울고 하늘이 으르렁거리는 것 같아 일명 '천후산(天吼山)'이라 불렸다는 기록이 그것이다.

그리고 '우는 산'이라는 우리말을 한자화하여 울산이 되었다고 한다.

어쨌거나 울산바위는 설악산 북쪽에 자리 잡고 있는 아름다운 암봉이다.

둘레가 4km가 넘으며, 30여 개의 거대한 화강암 봉우리로 이루어져 있다. 바위 높이만 200여 m에 달한다.

실로 어마어마한 크기이다.

이렇게 큰 울산바위라 할지라도 노에디아의 의지가 실리면 손가락보다도 작은 자갈로 쪼개진다.

그리고 그 시간은 그리 길지 않다. 그러니 담석을 순식간에 가루로 만드는 건 일도 아닌 셈이다.

'네, 아주 작은 가루가 되게 했습니다. 그것들은 지금 담낭에서 나온 담즙에 섞여 십이지장으로 흘러들고 있습니다.'

'아, 고마워.'

'별말씀을 다 하십니다. 마스터를 위해 봉사할 수 있어 기쁠 뿐입니다. 저는 이만 물러가겠습니다.'

이는 노에디아의 진심이다. 현수가 아르센 대륙으로 데려가지 않았다면 상급 정령인 상태로 얼마나 오랜 기간을 기다려야 했을지 모른다.

최상급으로 진화한 뒤 아리아니는 4대 속성 정령들에게 현수 덕에 3억 년의 세월을 벌었다는 말을 한 바 있다.

지구에만 머물렀다면 노에스에서 노에디아로 진화하는 데 그 정도 시간이 걸렸을 것이라는 뜻이다.

따라서 담석을 가루로 내주는 일 따위는 수억 번 시켜도 된다. 진화에 비하면 아무것도 아닌 일이기 때문이다.

'그래, 수고했어. 나중에 또 부를게.'

'네, 이만 물러갑니다. 참, 전에 지시하셨던 일은 다 끝냈습니다. 다른 곳에 있는 것들도 거기에 모아놓을까요?

'전에 지시했던 일? 아, 그거? 수고했네. 다른 거에 대한 건 나중에 이야기할 테니 너무 멀리 가 있지는 마.'

대한민국은 공해상 심해저 활동을 관리하는 국제해저기구(ISA)로부터 북동태평양의 클라리온—클리퍼톤 해역의 망간단괴 광구에 대한 독점 탐사권을 승인받은 바 있다.

정부는 해저 5,000m에 약 3,700억 달러에 이르는 망간단괴가 있을 것으로 추정하고 있다.

지금은 이 광구 중심부에 단괴들이 밀집되어 있다.

노에디아가 엘리디아와 협력하여 사방에 흩어져 있는 것뿐만 아니라 지나와 일본 광구에 있는 것들까지 완전히 싹쓸이하여 모아놓았기 때문이다.

그 가치는 약 2조 달러에 이를 것이다.

이것들은 채취하기 엄청 쉬울 것이다. 한곳에 산더미처럼 쌓아놓았으니 위치만 제대로 잡으면 된다.

한국은 이 밖에도 세 곳의 해저열수광상 독점탐사권 또한 승인받은 바 있다.

통가 배타적 경제수역(EEZ)광구와 피지 EEZ광구, 그리고 인도양 공해상 중앙해령지역에 위치한 광구이다.

해저열수광상이란 심해에서 마그마의 뜨거운 열에 의해 끓은 물이 온천처럼 솟아나는 과정에서 금속이온이 차가운

물과 닿아 굳어진 광물자원이다.

금, 은, 구리, 망간, 이외에도 니켈과 코발트 등이 포함돼 있어 차세대 전략자원으로 여기는 것이다.

인도양 해저열수광상 탐사는 2029년까지 15년간 독점 탐사광구 1만㎢에 대해 정밀탐사를 수행하고, 최종 개발지역 2,500㎢를 선정하여 개발권을 ISA에 신청할 계획이다.

지나와 러시아도 한국처럼 각 지역에 독점개발권을 가진 해역이 있다.

한편, 일본은 2008년부터 5년에 걸쳐 자신들의 영해에 위치한 해저열수광상에 대한 조사를 실시했다.

그 결과 오키나와 해역과 이즈—오가사와라 해역에 해저 열수광상이 존재함을 알게 되었다.

최첨단 해양자원조사선 등을 활용해 정밀 지형조사와 해저 전자기 탐사, 그리고 시추조사 등을 실시한 결과이다.

오키나와 해역 이세나 해구에만 해저표층부 자원량이 340만 톤이나 존재함을 알게 되었다.

해저면 아래에도 광체(鑛體)가 있는데 표층과 심층부를 합쳐 500만 톤이 넘는 것으로 보고되었다.

이즈—오가사와라 해역 이외에도 세 곳에 더 많은 해저 광물 자원이 부존(富存)함을 파악한 바 있다. 아직 정식 보고서로 작성되지 않았을 뿐이다.

일본이 일으킨 임진왜란과 정유재란의 결과 조선의 농경지는 이전의 3분의 1 수준으로 줄어들었다. 죽거나 포로가 된 사람이 너무 많아 인구 역시 줄어들었다. 뿐만 아니라 수많은 문화재가 불타거나 약탈되었다.

한일합방으로 인한 피해 역시 이루 말할 수 없을 정도로 극심했다. 그럼에도 일본은 반성의 기미를 보이지 않는다.

뿐만 아니라 틈만 나면 독도 침탈 야욕을 드러낸다.

현수는 일본이 해저열수광상에서 자원을 채취하는 것을 두고 볼 생각이 없다. 하여 노에디아로 하여금 모든 지하자원을 이동시킬 계획이다.

그런데 아직 노에디아의 능력의 한계를 모르기에 한곳에 모아놓도록 하고 있다.

알았다면 망간단괴 등을 보다 쉽게 채취하기 쉬운 연안으로 이동시켰거나 아예 육지에 마련된 창고 속에 넣도록 했을 것이다.

어쨌거나 노에디아가 물러가자 현수는 침통을 꺼냈다. 보는 눈이 많기 때문이다.

"흐음!"

현수는 침 끝을 살펴보곤 조심스레 시침을 시작했다.

침을 놓은 자리는 간유, 담유, 경문, 기문, 장문혈이다. 모두 담낭 결석을 다스리는 혈(穴)자리이다.

사람들은 뾰족한 바늘을 신중하게 꽂아 넣는 현수를 보며 시선을 교환한다. 처음 보는 장면이기 때문이다.

그러다 누군가의 입에서 아르키메데스(Archimedes)가 외친 유레카[21] 같은 탄성이 터져 나온다.

"아! 저건 대장금에서 봤어! 침이야, 침!"

한국의 드라마 대장금은 상당히 많은 나라에서 방영되었다. 현재 90여 개국에 수출되었다.

러시아에서는 지난 2007년에 하바로프스크 지상파 채널인 극동 국가 텔레비전 라디오 방송사(DVTRK)를 통해 방송된 바 있다.

이때 상당한 인기를 끌었기에 종영된 직후 러시아 3대 방송사 중 하나인 VGTRK를 통해 다시 전국에 방영되었다.

세월은 흘렀지만 그때 본 것이 기억난 모양이다.

"맞아! 그 드라마에 나왔던 거 맞아."

누군가 동조하고 나서자 나머지 사람들도 기억난다는 듯 고개를 끄덕인다. 한때마나 자신들의 시선을 집중시킨 낯선 동양의 드라마이기 때문이다.

현수는 침착한 표정으로 시침을 마친 후 잠시 기다리다 맥문을 잡았다. 이 순간 현수의 입술이 달싹인다.

"리커버리!"

---

21) 유레카(Eurela) : '알았다' 는 뜻의 그리스어. 욕조에 채워진 물이 넘쳐흐르는 것을 보고 '비중의 원리' 를 깨우친 뒤 아르키메데스가 외친 말.

샤르르르르릉—!

서늘한 푸른빛 마나가 할아버지의 체내로 스며든다.

그러자 담석으로 인해 기능이 현저하게 떨어졌던 각종 장
기가 정상적인 상태로 되돌려진다. 나이 들어 노쇠해진 것까
지 원상태로 복귀되니 젊어지는 것이나 다름없다.

마나포션을 같이 복용한 것이 아니라 장인과 장모님들처
럼 10년쯤 젊어지는 것은 아니다.

한편, 담석이 깨져 가루가 된 뒤 손목으로부터 스며든 기운
을 느낀 할아버지는 형용할 수 없는 시원한 느낌에 지그시 눈
을 감는다. 지구인치고는 마나 감응도가 상당히 높았기에 이
런 느낌을 받은 것이다.

곁에 있는 할머니는 현수와 남편을 번갈아 바라본다. 뭔가
설명해 줬으면 좋겠는데 둘 다 아무런 말도 없기 때문이다.

현수는 설명 대신 침을 뽑았다.

"자, 이제 다 되었습니다."

"저, 정말인가?"

"네, 이제 괜찮으실 거예요."

"……!"

지금껏 구경하고 있던 모두가 입을 딱 벌린다.

세상 경험이 많기에 담석증이라는 걸 짐작하고 있었다.

돈이 없어 병원에 갈 수 없었기에 증세가 심해져 통증을 느

끼기 시작한 것이다. 이 상태로 조치 없이 놔두면 얼마 못 가 사망할 것이라 생각했다.

그래도 할 수 없는 일이다. 하루하루 먹고사는 일도 바빠 비싼 의료비를 부담할 수 없기 때문이다.

그런데 뾰족한 침 몇 개를 쿡쿡 찔러 넣더니 이제 괜찮을 거라고 한다. 도저히 믿을 수 없다.

"정말 괜찮은 건가?"

누군가의 물음에 현수는 크게 고개를 끄덕였다.

그리곤 대답 대신 환자에게 시선을 주었다. 조금 전까지 당신을 괴롭히던 통증이 어떠냐는 뜻이다.

"어? 그러고 보니 하나도 안 아파. 안 아프다고. 다 나았나 봐. 세상에……!"

환자 본인이 아프지 않다고 하니 모두의 시선이 쏠린다. 이때 누군가의 입에서 또 한 번 탄성이 터져 나온다.

"아! 혹시 코리안 빌리지의 성자인가?"

"뭐? 코리안 빌리지의 성자? 그건 또 뭐야?"

누군가의 반문에 소리쳤던 할아버지가 빠르게 설명한다.

킨샤사에서 일어난 기적에 대한 것이다.

오늘 오전, 외신을 통해 짤막하게 보도된 뉴스가 있다.

콩고민주공화국 내무장관인 가에탄 카구지의 막내아들이 백혈병에 걸려 있었는데 완치되었다는 내용이다.

이 병을 치료한 사람은 에티오피아에서 여러 번 기적을 일으킨 바 있는 코리안 빌리지의 성자이다.

미국 필라델피아 어린이병원에서도 손을 놓은 말기 백혈병 환자를 치료하는 데 사용한 것은 뾰족한 침 몇 개뿐이다.

그런데 최첨단 항암치료로도 해결할 수 없던 게 말끔하게 나았다. 가히 기적이라 할 만한 일이 일어났기에 외신을 탄 것이다.

코리안 빌리지의 성자는 한국인이며, 콩고민주공화국 영토 내에 이실리프 자치령을 200년간 조차 받은 인물이다.

총면적 20㎢에 이르는 토지를 이실리프 테마공원 및 이실리프 의료원, 그리고 이실리프 농장을 위해 무상으로 제공하려는 것에 대한 국민적 반발을 무마하려는 수였다.

아무튼 방금 전 탄성을 낸 할아버지는 할 일이 없어 매일 TV만 보고 있었기에 우연히 본 것이다.

외신이 보도된 직후 아디스아바바 코리안 빌리지를 연결한 추가보도가 이어졌다.

진위 여부를 확인하려는 의도였을 것이다.

그런데 전화를 받은 사람은 세나이 아브라힘이다. 얼마 전, 현수에 의해 진폐증이 완치된 스잔의 외삼촌이다.

당연히 흥분된 음성으로 전화를 받았다. 그리고 현수는 하늘에서 강림한 신의 아들쯤 되는 것으로 묘사하였다.

숨 쉬는 것조차 불편했는데 폐 속에 박혀 있던 분진 덩어리가 차례대로 배출되었고 아무런 도구도 사용하지 않았다고 했다. 사람은 할 수 없는 일이라며 신의 아들이 아닌지 확인해 달라는 요청을 했다.

이후엔 에티오피아 국영방송국에서 세나이가 토해낸 분진 덩어리를 물에 풀어낸 뒤 성분조사를 한 장면이 화면에 나왔다. 아래엔 긴급입수된 참고자료라는 자막이 떴다.

그리고 아디스아바바의 신문 1면이 화면에 떴다.

한국에서 의료봉사를 온 성자가 침 몇 개로 못 고친 병이 없었다는 것이 굵은 글씨로 쓰여 있다.

그 아래엔 완치시킨 질병들이 나열되어 있다.

폐결핵, 녹내장, 아토피성 피부염, 만성비염, 파킨슨병, 만성 신부전, 루게릭병 등이다.

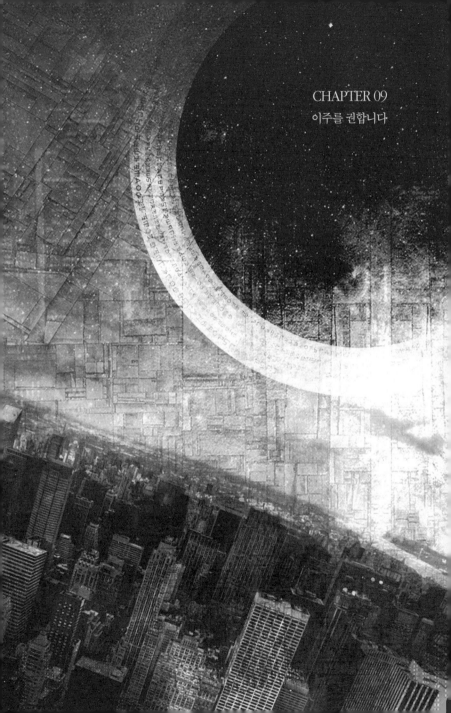

CHAPTER 09
이주를 권합니다

이 방송이 끝난 후 '일침학회'의 러시아 방문을 다큐멘터
리로 찍은 것이 방영되었다. 일침학회 한의사들이 러시아 국
립중앙군인병원을 방문했을 때의 영상이다.

치료 대상은 치료를 포기한 환자들이다.

첫 대상은 강한 진통제를 맞지 않으면 어깨 통증을 견딜 수
없는 여의사였다.

하지만 침 몇 방에 한결 편안한 표정이 된다.

두 번째 환자 역시 의사였는데 몇십 년째 허리 통증으로 고
생한 사람이다. 그는 가슴 부위의 근육통 때문에 몸을 자유롭

게 움직일 수 없는 상태였다.

손가락에 침 한 대를 맞자 전보다 허리가 많이 숙여진다. 발가락에도 침을 놓자 허리를 마음대로 쓰게 되었다.

마지막 환자는 한쪽 얼굴 근육이 마비된 환자이다.

한쪽 눈과 입이 감기지도 않고 벌어지지도 않는 심각한 상태의 구안와사[22]였다.

침을 맞은 뒤 이 환자는 눈을 감을 수 있었다. 시침 과정을 직접 지켜본 러시아 의사들은 놀라움을 금치 못했다.

일침학회는 동의보감과 사암오행침을 바탕으로 발전된 독창적인 한의학의 한 유파이다.

이 학회 소속 한의사들은 시침할 때 1~4개의 침만 사용한다. 병의 근원인 혈 자리를 자극하여 치료효과를 극대화하는 것이다.

시침할 때 통증을 거의 느끼지 않는 것이 특징이며, 아픈 부위가 아닌 다른 곳에 침을 놓는 것이 지금까지의 침술과 다른 점이다.

2004년엔 모스크바에 '호일침 교육센터'를 열고 러시아 의사들을 상대로 침술 강의를 한 바 있다.

2006년 6월과 2007년 1월엔 러시아 최대 일간지인 이즈베스티야에 한국의 침술이 대대적으로 보도되기도 했다.

---

22) 구안와사(口眼喎斜) : 구안괘사의 잘못된 표현, 입과 눈이 한쪽으로 틀어지는 병으로 중풍 증상의 하나.

그 결과 2007년에 러시아 우주인협회 블라디미르 코발레노프 회장이 자신의 고질적인 아토피 피부염 치료를 위해 방한해 치료를 받기도 했다.

볼쇼이 발레단의 수석 무용수인 마리아나 리츠키나와 얀 가도프스키 역시 침 치료를 받으러 방한한 바 있다.

특히 얀 가도프스키는 반복되는 무용 동작으로 인한 만성 요통을 앓고 있었는데 침 치료를 받은 뒤 요통과 관절 통증이 바로 없어졌다며 매우 신기해했다.

어쨌거나 드라마 대장금과 일침학회 덕에 러시아 사람들에게도 침술은 완전히 낯선 의술이 아니다.

하지만 침술이 만병을 다스리진 못할 것이라고 생각하고 있다. 그렇다면 난리가 벌어졌어야 하기 때문이다.

그런데 그런 침술로 온갖 난치병을 치료한 성자가 등장했다. 당연히 뉴스가 될 만하다.

러시아가 큰 나라이기는 하나 의술까지 빼어난 것은 아니다. 그러니 1억 4,500만 명이나 되는 전체 인구 중에 질병으로 고생하는 사람이 얼마나 많겠는가!

그런데 현수가 치료한 것엔 난치병과 불치병이 망라되어 있다. 현대의학으로 해결할 수 없던 것을 뾰족한 침 몇 개로 완치시켰다니 당연히 관심이 갈 것이다.

난치병이나 불치병이 아닌 건 당연히 치료 가능할 것이다.

"저… 혹시 코리안 빌리지의 성자가 자네인가?"

감탄사를 터뜨린 할아버지가 궁금한 표정을 짓는다.

현수의 얼굴이 화면에 나오긴 했으나 잠깐이었기에 확신하지 못하는 것이다.

"아닙니다. 성자는 아니구요, 그냥 한국의 전통 의술인 침술에 대해 작은 공부를 했을 뿐입니다."

"허어! 이런 세상에! 성자를 눈앞에 두고도 그냥 갈 뻔했네. 이보게, 성자! 나도 아픈 데가 있는데 치료 좀 해주게."

말을 하며 손을 내미는데 손가락 관절 부위가 부어 있다.

한국에서도 관절염은 전체 인구의 12% 정도가 고통 받고 있을 정도로 흔한 질환이다. 특히 65살 이상 노인의 거의 대부분이 퇴행성관절염으로 고통 받고 있다.

관절염의 대부분은 퇴행성관절염(골관절염)이지만 류머티즘 관절염은 염증 질환이다.

아주 젊은 나이에서도 생길 수 있으며, 치료시기를 놓치면 관절 기능이 파괴되어 움직이기 힘들어지고 관절 불구가 될 수도 있다.

현재까지는 항염증 및 항류머티즘 작용을 하는 약물 치료와 염증 세포를 없애기 위해 관절경을 통해 활막 제거술을 하고 있지만 완치시킨 케이스는 없다.

류머티즘 관절염은 퇴행성관절염으로 오인하기 쉬운 질환

이다. 겉으로 드러나는 증상이 상당히 비슷하기 때문인데, 공통적으로 관절 부위가 붓고 아프다.

"할아버지, 아침에 일어나시면 손이 잘 구부러지지 않는 통증이 매일 한 시간 이상 반복되나요?"

"허어! 그걸 어떻게 알았나? 척 보기만 해도 아는 걸 보니 역시 성자는 성자네. 이보시게, 성자! 나도 좀 고쳐주게."

노인은 자신의 증세를 한 번에 짚어내자 놀랍다는 표정이다. 병원에 가면 X—ray도 찍어보고 이것저것 검사를 하고도 고개를 갸우뚱하곤 했기 때문이다.

"할아버진 류머티즘 관절염에 걸리신 것 같아요. 좀 오래 되셨죠?"

한눈에 보기에도 손가락 마디마디가 보기 흉할 정도로 불룩하기에 한 말이다.

"오래되었지. 근데 돈이 없어서……. 요즘엔 진통제나 받으러 가네."

"그래요? 그럼 이쪽으로 앉아보세요."

현수의 지시에 따라 노인은 의자에 앉는다. 잠시 후 이 노인은 멀쩡해진 손가락을 연신 구부려 본다.

통증이 느껴져야 하는데 그렇지 않기 때문이다.

그러자 사람들이 줄을 서기 시작한다. 다들 성치 않은 부위가 하나씩은 있었던 모양이다.

현수의 손길을 받은 사람들은 고질병을 떨치고 기뻐하였고, 줄 서 있던 사람들은 기대에 부푼 표정이다.

정말로 침 몇 개로 못 고치는 병이 없었기 때문이다.

류머티즘 관절염 다음에 완치된 건 오래된 기관지천식이다. 숨쉬기조차 힘들어하던 할머니가 환히 웃었다.

현수 역시 빙그레 미소 지었다.

서른두 번째 환자는 탈장이 문제였다.

탈장이란 신체의 장기가 제자리에 있지 않고 다른 조직을 통해 돌출되거나 빠져나오는 증상이다.

마흔 살 정도 된 이 여인은 난소와 나팔관이 나와 있었다. 산부인과 질환이지만 너무나 고통스러워해서 기꺼이 시료에 나섰다.

그냥 놔두면 난소 기능에 이상이 생기기 때문이다.

침을 두 군데에 시침하곤 리커버리 마법을 걸어주었다.

한번 탈장되기 시작하면 재발하기 쉽기 때문에 원상으로 회복시켜 준 것이다.

검은 까마귀 마을에 성자가 강림했다는 소문은 삽시간에 번졌다. 사람들이 몰려들 때 이반스키 일당도 왔다.

대체 무슨 일인가 싶은 것이다. 지르코프는 이들로 하여금 통제를 지시했다. 서로 먼저 치료해 달라고 달려든 때문이다.

하지만 이반스키 일당이 나서자 금방 정리된다. 이 마을 청소부가 되었지만 여전히 레드마피아 단원이기 때문이다.

일련의 치료가 이루어지는 동안 현수는 정령들을 아주 유용하게 활용했다. 신장 결석이나 담석같이 깨부수는 것은 노에디아가 호출되었다.

내부 장기에 문제가 있는 경우는 물의 최상급 정령 엘리디아로 하여금 치유케 했다.

마법이라는 걸 알릴 수 없기에 매번 침을 놓았다.

그러면서 돈이 들지 않는 처방을 해주었다.

예를 들어, 탈모증을 앓고 있는 사람에겐 검은콩을 많이 먹도록 했다. 신장에 문제 있는 사람들은 검은깨나 호두를 먹으라 하였고, 위궤양, 역류성 식도염, 위염 환자에겐 양배추를 처방해 주었다.

기력이 쇠한 노인들에겐 귤껍질과 대파를 달여 마시도록 했다. 소변보기 힘들어하는 환자에겐 옥수수수염을 달여 먹으라고 했다.

일련의 과정을 곁에서 지켜본 지르코프는 놀라지 않을 수 없었다. 상트페테르부르크 의과대학을 우수한 성적으로 졸업하여 거의 전문의 수준이 되었던 사람이기에 현수의 의술이 어떤지를 확실히 느꼈기 때문이다.

지르코프가 보기에 현수는 내과, 외과, 신경과, 안과, 피부과, 산부인과, 비뇨기과, 이비인후과를 모두 전공한 전문의 같았다. 눈으로 보기만 하면 어떤 병인지를 아는 것이다.

어찌 놀라지 않을 수 있겠는가!

환자 중에 만성신부전증을 앓고 있는 이가 있었다면 더 확실했겠지만 그런 사람은 없었다.

그럼에도 자신이 이실리프 의료원 부설 난치병 연구소에 자금을 지원하는 것에 대해 확신을 가졌다.

당장은 아니지만 언젠가는 온갖 난치병을 다스릴 신약이 쏟아져 나올 것이라 생각한 것이다.

어쨌거나 산치를 위해 준비한 음식이 많았기에 구경하면서 먹는 이가 꽤 되었다.

시간이 흘러 밤이 이슥해졌어도 현수의 시침은 멈추지 않았다. 아직 많은 환자가 남아 있기 때문이다.

소문을 듣고 온 사람이 1,000명이 넘었으나 모두를 치료해 줄 시간적 여유가 없다고 하자 알아서 정리하였다.

상대적으로 증세가 덜한 이들은 뺀 것이다. 남은 건 중증과 난치병, 그리고 불치병 환자들뿐이다.

간경변증 환자도 있고, 심한 동맥경화 환자도 있었다. 하지만 현수를 만나고 돌아갈 땐 모두가 웃었다.

훨씬 몸이 편해진 것을 느꼈기 때문이다. 나중에 검사해 보면 알겠지만 병마로부터 해방되었으니 그런 것이다.

아주 깊은 밤이 되자 현수가 피곤할 것이라며 스스로 줄을 줄였다. 마지막 113번째 환자는 강직성 척추염으로 인해 보행불능 상태였다.

척추에 염증이 생겨 관절의 움직임이 둔해지는 것으로 허리, 엉덩이, 무릎, 발꿈치, 발바닥에서 통증이 느껴진다. 증상이 악화되면 걷는 것조차 힘든데 최악인 경우가 된 것이다.

하지만 현수를 만나고 얼마 지나지 않아 제 발로 걷기 시작했다. 모두들 박수갈채를 보냈다.

그런 사이에 현수는 늘어놓았던 침 등을 챙겼다. 이제 갈 시간이기 때문이다.

"자, 저는 이제 그만 이곳을 떠나야 합니다. 모스크바에 갈 일이 있기 때문입니다."

"아……!"

모두들 아쉽고 안타깝다는 표정이다. 현수가 이곳에 계속 머물면 아픈 사람이 없을 것이기 때문이다.

하지만 바쁘다는 사람을 붙잡을 수는 없다는 공감대가 형성되어 있기에 아무도 남아달라고 만류하지는 않는다.

현수는 검은 까마귀 마을 사람들의 면면을 살폈다. 가난하지만 순박하게 살아온 인생이 엿보인다.

절로 측은한 마음이 인다.

"혹시라도 저를 다시 만나고 싶으시면 킨샤사로 오시면 됩니다. 참고로 제가 있는 곳은 안나 장모님이 잘 아십니다."

"고맙습니다. 수고 많이 하셨습니다, 성자님."

맨 처음 치료를 받은 할아버지가 깍듯한 존댓말로 말한다. 현수가 성자라는 것을 진심으로 인정한 것이다.

"치료해 주서서 고맙습니다, 성자님!"

"감사합니다, 성자님!"

모두가 고개를 숙여 감사의 뜻을 표한다.

환자 본인도 그렇지만 가족들 또한 예를 표한다.

"또 뵙겠습니다, 성자님!"

누군가의 말이다. 킨샤사로 이주하겠다는 의미일 것이다.

"이주하시는 분들에겐 항공편이 제공될 테니 비행기 삯은 걱정하지 않으셔도 됩니다."

"아……!"

노보로시스크에서 킨샤사까지는 직선거리로 약 5,750㎞이다. 그런데 항공기는 직선으로 비행하지 않는다.

여러 이유가 있는데 바다에 해류가 있는 것처럼 하늘에도 바람의 흐름이라는 것이 있기 때문이다.

또 다른 이유는 다른 나라의 하늘은 허락받지 않으면 지나갈 수 없기 때문이다. 허락을 받았다 하더라도 내전 중인 나라의 영공은 안전하지 않다.

재수 없으면 미사일에 의해 격추당할 수도 있다.

또 한 가지 이유는 비행을 할 때 혹시라도 안전에 문제가 발생될 수 있으므로 가급적 착륙할 수 있는 공항 인근으로 노선을 결정하기 때문이다.

따라서 노보로시스크에서 킨샤사까지 가려면 적어도 6,500~7,500㎞ 정도 비행해야 한다. 혹은 이보다 더 장거리일 수도 있다.

참고로 서울에서 미국 LA까지 거리는 약 9,600㎞이다.

그리고 2014년 현재 아시아나항공과 대한항공의 편도 운임은 약 133만 원이다.

이를 감안해 보면 노보로시스크에서 킨샤사까지 1인당 항공료만 85만~100만 원이다.

만일 검은 까마귀 마을 주민 전부가 킨샤사로 이주하겠다고 하면 운임만 34억~40억 원이 든다는 뜻이다.

그런데 그걸 모두 부담해 준다니 입이 딱 벌어진다.

안나로부터 현수가 아주 큰 부자라는 이야기는 들은 바 있지만 이 정도로 통이 클 것이라곤 생각지 못한 듯 모두가 멍한 표정이다.

이때 현수의 눈에 몇몇 사람이 눈에 뜨인다.

진료를 받겠다고 줄을 섰으나 더 증세가 심한 사람들을 위해 양보한 환자들이다.

어찌 그냥 두고 보겠는가! 하여 나직이 입술을 달싹였다.

'엘리디아, 근처에 있지?'

'네, 마스터.'

자신의 존재감을 드러내려는 듯 현수의 몸을 한 바퀴 휘감는다. 약간 서늘한 기분이 들었지만 그것은 잠시이고 상쾌한 느낌이다. 자신의 충성을 받는 존재이기에 자연스레 바디 리프레쉬와 유사한 능력을 발휘한 결과이다.

바디 리프레쉬 마법과 다른 점은 서늘한 기분이 든다는 것과 왠지 깨끗해진다는 느낌까지 느껴진다는 것이다.

어쨌거나 심신이 상쾌해진 현수는 엘리디아에게 시선을 주며 나직이 속삭였다.

'엘리디아, 저쪽에 환자들이 있어. 가서 치료해 줘.'

'알겠습니다, 마스터. 뜻대로 하지요.'

사람들의 눈에는 보이지 않는 엘리디아의 동체가 여러 갈래로 갈라진다. 그리곤 멍한 표정으로 현수를 바라보고 있는 환자들에게 다가간다.

그중엔 아폴로눈병에 걸린 이가 있다.

결막이 감염되어 통증과 이물감, 그리고 눈물을 흘리는 증세를 보이는 전염력이 매우 높은 안과 질환이다.

대개 10일 이내에 자연적으로 치유되기에 순서에 밀려나 있었다. 어쨌거나 갈라진 엘리디아의 일부가 이 환자의 눈 주위에 머물다 옮겨가자 무언가 느끼는지 눈을 비빈다.

비비면 염증이 생긴 눈에 자극이 되어 증세가 더 심해질 수 있다. 그럼에도 전혀 아프지 않자 옆 사람에게 자신의 눈을 봐달라고 이야기한다.

아폴로눈병의 다른 명칭은 급성 출혈 결막염이다. 따라서 눈이 벌겋게 된다. 그런데 아무렇지도 않다고 하자 놀란 표정을 짓는다. 그러다 현수를 바라본다.

그런데 하필이면 이때 엘리디아의 동체가 여러 갈래로 갈리면서 켈레모라니의 비늘로부터 마나가 사방으로 뿜어질 때이다. 현수는 마나 공급이 보다 원활하도록 두 팔을 벌리고 있었다.

혹시라도 팔이 마나의 길을 막는 건 아닌가 싶은 마음 때문이다. 그러다 사내와 현수의 시선이 마주쳤다.

현수는 저도 모르게 눈 아픈 건 어떠냐는 표정을 지으며 눈빛을 빛냈다.

그런데 이심전심이 되었는지 사내가 이 뜻을 알아들었다. 하여 고개를 끄덕이곤 고맙다는 뜻으로 정중히 고개를 숙인다.

이에 현수는 괘념치 말라는 듯 살짝 웃어주었다. 이때 사내의 입에서 마치 방언이 터지듯 큰 소리가 나왔다.

"진짜 성자님이시다! 내 눈병이 나았어요! 성자님께서 바라만 보셨는데도 내 눈병이 나았다구요!"

"어? 진짜 눈병이 꽤 심했는데 다 나았네?"

"어라? 여기 난 여기가 많이 곪았는데 다 나았나 봐!"

"정말? 붕대 풀어봐. 그거 풀면 알 수 있잖아."

"잠깐만."

다리에 상처가 있던 사람이 조심스레 붕대를 푼다. 그리곤 푼 붕대로 환부 가장자리를 닦는다.

쓰리지는 않지만 통증이 느껴지거나 곪은 상처가 보여야 하는데 그렇지 않다.

"헐! 여기 좀 봐. 아까까지만 해도 고름이 나왔는데 지금은 새살이 돋아 있어."

"뭐? 어디 좀 봐! 어? 진짜, 진짜로 다 나았네?"

곁에 있던 사람이 한마디 거들자 장내의 모든 이가 경외 어린 시선으로 현수를 바라본다.

의술이 뛰어나다 하여 단숨에 새살까지 돋게 할 수는 없다. 그건 인간의 능력이 아니기 때문이다.

"아아! 성자님!"

"세상에 맙소사! 진짜 성자님이셨어."

"오오! 진짜 성자님이시라니!"

갑자기 모두가 무릎을 꿇는다. 그리곤 러시아 정교 특유의 성호를 그으며 중얼거린다.

가장 가까이 있던 할머니는 이렇게 중얼거렸다.

"오오! 나의 하나님이시여, 이렇듯 성자님을 보내주시어 제 병을 낫게 하여 주심을 진심으로 감사드리나이다. 하느님께서 친히 보내신 성자님의 뜻에 따라 우리 가족 전부 킨샤사로 이주하겠나이다. 그곳에서 제 여생이 행복하도록 축복하여 주시고 보살펴 주시옵소서! 아멘."

할머니만 이런 기도를 올린 게 아니다. 장내에 있던 거의 모든 사람이 기도를 하였는데 다들 도저히 믿을 수 없는 기적에 전율하고 있다.

지르코프 역시 예외는 아니다. 바라만 보는 것으로 환자들을 치유시키는 건 의사가 아니다.

그렇기에 경외 어린 시선으로 현수를 바라보고 있다.

이때 현수는 엘리디아의 동체가 뒤쪽에서 구경하고 있는 사람들 틈을 파고들고 있는 것을 보고 있다.

수십 가닥으로 나뉜 엘리디아의 동체는 사람들을 스쳐 지나며 온갖 나쁜 것을 제거하고 있다.

물은 여러 가지 효능이 있는데 첫째는 독소 제거이다.

매일 2리터쯤 마시면 체내에 축적된 독소와 노폐물이 소변으로 배출된다. 이것들이 사라지면 피부가 좋아진다.

둘째는 피로회복 기능이다.

충분히 섭취하면 혈액의 순환을 도와 피로 물질이 배출되도록 하고 뇌의 기능을 활성화시켜 준다.

셋째는 체중조절 기능이다. 공복감을 덜어주며 신진대사를 도와 체중 감소 효과를 보여준다.

이 밖에 대뇌 활동이 증진되어 기억력을 향상시켜 주며, 면역력이 높아져 병에 대한 저항력이 상승된다.

또한 방광암과 심장병을 예방하며 우울증 유발 물질의 생성을 억제한다. 마지막으로 체내로 들어온 발암물질의 농도를 희석해 주며, 불면증을 해소시키는 기능이 있다.

이처럼 몸에 유익한 기능이 많으므로 물의 정령들에게 생체 치유의 능력이 있는 것이다.

하여 엘리디아가 스치고 지나자 웬만한 질병은 완치되고 있다. 물론 켈레모라니의 비늘로부터 막대한 양의 마나가 뿜어져 나갔다.

"미스터 킴."

"아, 네."

지르코프의 부름에 문득 정신을 차리고 시선을 돌리자 이게 대체 무슨 일이냐는 표정이다.

"미스터 킴은 누구십니까?"

사람들의 병을 고쳐주는 걸 보고 아주 능력 좋은 한의사인 것으로 인식하고 있었다. 그런데 바라만 보고 있어도 병이 나았다는 사람들이 속출하니 얼떨떨한 것이다.

"코리안 빌리지의 성자이지요. 자, 이만 가시죠."

"네? 아, 네."

지르코프와 집을 나설 때까지 사람들은 현수에게서 시선

을 떼지 못했다. 전설처럼 전해지는 성자를 친견한다는 벅찬 마음 때문에 눈물을 흘리는 사람도 많았다.

"장모님, 킨샤사에서 뵙겠습니다."

"그, 그러게."

안나 여사 역시 얼떨떨하긴 마찬가지이다.

사위가 마법사라는 건 알고 있다. 하지만 말이 통하지 않은 사람과 언어 소통이 가능하게 하는 정도로만 알았다.

이리냐가 그렇게 말한 때문이다. 따라서 이런 능력까지 있는 줄 몰랐기에 아까부터 매우 놀라고 있는 중이다.

하여 제대로 대답하지 못하고 어서 가라는 손짓만 한다.

"장모님, 이주 희망자들이 결정되면 이리냐에게 연락주세요. 그럼 알아서 조치를 취해 드릴 겁니다."

"고맙네. 신경 써줘서."

"고맙기는요. 당연한 일인걸요. 참, 희망자들이 결정되어도 곧바로 가는 건 아닙니다. 저쪽에 살 집을 지어야 하니까요. 무슨 뜻인지 아시죠?"

"…그, 그럼. 고맙네. 아주 고맙네."

안나 여사는 반색하며 고개를 끄덕인다.

저택에서 허드렛일을 하는 하녀들에게도 집을 주었다이 들었다. 하여 대체 어떤 집을 제공했나 싶어 가보았다.

싹싹한 알리사와 마리나의 집이다. 알리사는 부모와 동생 셋이 있고, 마리나는 할아버지와 할머니, 그리고 아버지와 어머니, 오빠 하나, 동생 셋이 있다.

알리사는 본인을 포함하여 여섯 명이 한 가족이고, 마리나는 가족 수가 아홉 명이다.

알리사가 사는 집은 2층 주택으로 아래층 40평, 위층 32평이다. 거실과 주방, 화장실을 제외하고 방이 여덟 개이니 모두가 방 하나씩 차지하고도 두 개나 남는다.

가족 수가 많은 마리나의 집 역시 2층 주택이다.

1층은 방이 여섯 개이며 48평이다. 2층은 34평으로 방 다섯 개가 있다.

이 집도 방이 두 개나 남는다.

두 집 다 이층엔 베란다가 있다. 햇볕을 받아 뜨거울 수 있으므로 목재 데크가 설치되어 있고, 파라솔 또한 있다.

싸구려가 아니라 접이식 홀딩 파라솔이다.

콩고민주공화국의 기후는 건기와 우기가 있다.

11월부터 다음 해 3월까지가 건기인데 이때는 밖에서도 식사할 수 있도록 큼지막한 것이 설치되어 있다.

실내의 가전제품은 전부 한국산 백산가전이다. 세탁기, 냉장고, 에어컨, 선풍기, TV, 전자레인지, 오디오가 그렇다.

안나 여사는 러시아에서도 고급품으로 인정받은 한국산 가전이 완벽한 세트를 이루고 있음에 크게 놀랐다.

뿐만이 아니다.

알리사와 마리나의 집에서 사용하는 식기도 한국산이다. 한국 내에서도 인정받는 한국도자기와 행남자기 제품이다.

냉장고를 열어보니 락앤락 유리 용기가 그득하다.

한국에서도 이제야 대중화된 게 아프리카 한복판 냉장고 속에 즐비한 것이다.

한낱 하녀를 위해 번듯한 집을 지어주고, 최고의 가전제품과 식기를 제공해 주었다. 뿐만이 아니다. 가구 역시 콩고민주공화국 사람들에겐 사치품이라 할 만큼 좋은 것이다.

물론 한국에선 대중적이지만 상대적인 느낌일 것이다.

게다가 알리사와 마리나가 받는 급여는 콩고민주공화국에서도 가장 많은 급여를 받는 경찰보다도 다섯 배나 높다.

한국에서 대졸 신입사원의 연봉이 가장 높은 기업은 현대모비스로 5,900만 원이다.

알리사와 마리나 등은 이보다 다섯 배 많은 2억 9,500만 원을 받는 것과 마찬가지이다.

대학을 나온 것도 아니고 특별한 기술이 있는 것도 아니다. 토익이나 토플 점수는 아예 생각지도 않는 그냥 평범한 하녀이다.

그럼에도 엄청난 액수의 연봉을 받고 있는 것이다.

안나가 생각하기에 현수는 경제적 관념이 매우 부족한 사람이다.

피고용인들이 매달 복권에 당첨되는 것이나 마찬가지인 상태를 모르고 있다 생각한 것이다.

그런데 그 혜택을 검은 까마귀 마을 주민들이 받게 생겼다. 물론 이주하겠다는 결심을 실행해야 가능한 일이다.

안나는 입에서 침이 마르도록 킨샤사 저택에서 일하는 사람들에 대한 이야기가 튀어나온다.

모두들 그게 사실이냐는 표정이다. 그렇게 대우 좋은 곳이 세상에 어디 있겠느냐는 반문만 무성하다.

같은 시각, 현수는 노보로시스크 공항을 떠나 모스크바로 이동 중이다. 자가용 제트기엔 지르코프도 탑승해 있다.

떡 본 김에 제사 지내듯 현수가 왔으니 보스에게 인사하러 같이 가겠다는데 말릴 수 없어서이다.

"미스터 킴, 진심으로 궁금해서 묻는 겁니다."

비행기가 이륙하고 한참을 지나도록 지르코프는 아무런 말도 없었다. 무언가 골똘히 생각하는 표정만 지을 뿐이다.

그리고 처음 입을 열어 물은 말이다. 내심 많은 생각을 하고 묻는 것이라는 뜻이다.

현수는 스테파니가 서빙한 쉐리엔 주스 한 모금을 들이켜 곤 별다른 표정 없이 대꾸했다.

"네, 말씀하십시오."

"정녕 성자인 겁니까?"

"…그렇게 믿으신다면요."

현수의 길지 않은 대꾸에 지르코프는 한참 동안 말이 없다. 상당히 많은 뜻을 내포한 대답이 될 수 있가 때문이다.

"이루고자 하는 건 뭡니까?"

"삶에 지친 사람들에게 희망을 주는 겁니다."

이런 대답에 어찌 다른 생각을 하겠는가!

지르코프는 성자 같은 대답에 고개를 끄덕였다. 그리곤 모스크바에 당도할 때까지 아무런 말도 하지 않았다.

무언가를 골똘히 생각했을 뿐이다.

현수가 이렇게 대답을 한 이유는 자신에게 힘을 실어줄 존재가 많으면 많을수록 좋기 때문이다.

그러는 사이에 비행기는 모스크바에 당도하고 있었다. 셰레메티예보 국제공항 활주로에 착륙하고 있었던 것이다.

스테파니의 안내를 받아 트랩을 내려서니 여러 대의 검은 벤츠 중 하나의 문이 열린다.

그런데 차에서 내린 인물 중 눈에 익은 이가 뜨인다. 드미트리 페스코프 크렘린궁 공보실장이다.

CHAPTER 10
뜻하는 대로

"어서 오십시오, 김 회장님!"

"아! 어떻게 공보실장님이 여기까지 나오셨습니까?"

"러시아의 귀빈이시니 당연한 일입니다."

금발에 벽안인 드미트리 페스코프는 정색하며 정말로 당연하다는 표정을 지어 보인다.

현수는 러시아 정부에게 있어 상당한 귀빈이다.

푸틴 정부가 로스차일드로부터 금괴를 차입한 걸 갚을 수 있도록 도와준 것만으로도 그러하다.

이 밖에 메드베데프를 테러의 위험으로 구해주고, 독살의

위기 또한 해결해 주었다. 뿐만 아니라 더 이상 독을 이용한 테러에 당하지 않게 해주었다.

그 후엔 개발 가능성이 극히 희박한 땅을 조차해 주는 대가로 막대한 금괴를 주기로 했다.

그곳이 개발되면 러시아의 실업자 대부분이 직장을 가질 수 있다. 뿐만이 아니다.

개발될 때까지 엄청난 고용 효과가 발생되고, 수많은 장비와 자재가 납품된다. 개발 후엔 취업자들로부터 막대한 세금을 걷을 수 있다. 그야말로 일석사조이다.

하여 러시아 정부는 현수를 초특급 경호대상으로 지정했다. 어디서든, 어느 누구에게도 부당한 일을 당하지 않도록 온갖 조치를 취하는 중이다.

러시아 내부에서는 원거리 경호를 한다. 사전에 행동거지가 의심스런 사람의 접근을 원천적으로 차단하고 있다.

물론 현수는 모르는 일이다.

이번처럼 불시에 방문하더라도 최선을 다한 경호를 취한다. 현수가 자가용 제트기를 이용하는 한 금방 알아낼 수 있기에 가능한 일이다. 이번에도 그랬다.

노보로시스크 공항에 착륙 허가를 요청하는 순간 대통령 직속 경호실로 보고가 들어갔다.

그렇기에 노보로시스크를 떠나 검은 까마귀 마을로 갈 때부터 경호가 시작될 수 있었다. 그리고 그곳을 떠나 비행기에 탑승할 때까지도 계속되었다.

그렇기에 검은 까마귀 마을에서 일으킨 기적에 대한 보고가 올라간 상태이다.

당연히 상당히 놀랐다. 유능한 사업가 겸 자본가라고 생각하였는데 그 이상이다, 그런데 놀라움의 정도가 다르다.

성자(聖者)가 아닌 성자(聖子)라 한다.

전자는 지혜와 덕이 매우 뛰어나 길이 우러러 본받을 만한 사람이라는 의미이다. 후자는 그리스도교에서 말하는 성삼위(聖三位) 중의 하나인 예수 그리스도를 이르는 말이다.

바라만 보는 것으로 질병을 치료했으니 어찌 이런 생각을 갖지 않겠는가!

러시아 국민 중 75%가 러시아정교의 신자이다.

이는 그리스도교의 한 파로서, 동방정교회(東方正敎會)의 중핵을 이루는 러시아의 자치 교회이다.

현수는 예수 그리스도가 아니다. 따라서 신의 아들이라는 의미로 쓴 말일 것이다.

현수가 모스크바로 온다는 보고를 받은 푸틴은 크렘린궁 공보실장으로 하여금 영접 나가도록 했다. 현수가 무슨 일로 오는 건지 모르지만 먼저 만나고 싶었기 때문이다.

"에구! 이렇게 공항까지 나와 주셔서 감사합니다."

현수가 정중히 고개를 숙여 예를 갖추자 드미트리 페스코프는 이러지 말라는 듯 한 발짝 물러선다.

현수는 10만㎢짜리 자치령의 주인이다. 그것도 하나가 아니라 세 개나 된다. 에티오피아에서 조차 받은 건 아직 외신을 타고 이곳까지 전해지지 않아서 모른다.

얼마 전 푸틴은 국무회의 석상에서 이렇게 말하였다.

"앞으로 김현수 회장을 대할 때 타국 국가원수에 준하는 예를 갖춰야 할 것입니다. 우리가 조차해 준 면적보다도 적은 국가가 수두룩하니 말입니다. 세계 경제를 주름잡는 대한민국조차 조차지보다 규모가 작습니다."

사업가일 때 이랬는데 이젠 성자라 한다.

당연히 대우가 달라져야 한다. 그래서 현수의 사의를 감당하기 어렵다는 듯 한 발짝 물러선 것이다.

"무슨 말씀을. 당연한 일이지요. 그나저나 대통령님께서 기다리고 계십니다. 가시지요."

"네, 감사합니다."

현수는 찍소리 않고 벤츠에 올라탔다.

러시아 영토 내에 발을 들여놓은 이상 푸틴이 보자고 했으면 가야 하기 때문이다.

쿵, 쿵—!

문 닫히는 소리를 들어보니 방탄차이다.

"그동안 잘 지내셨지요?"

"아, 그럼요. 잘 지냈습니다. 앞으론 좀 자주 만나 뵙게 되길 바랍니다."

드미트리 페스코프의 말엔 진심이 담겨 있다.

현수와의 인연이 시작된 이후 러시아가 안고 있는 많은 문제가 해결되었다. 든든한 자금줄이니 잘 잡고 있으면 여러모로 좋기에 마음을 담아 한 말이다.

"네, 그래야지요. 러시아에서 할 일이 많으니 앞으론 자주 만나게 될 겁니다."

"하하! 네. 자, 그럼 가시죠."

말이 떨어지기 무섭게 검은 벤츠가 부드럽게 움직인다.

현수 본인은 모르지만 현재 이 공항엔 상당히 많은 요원이 배치되어 있다. 공보실장인 페스코프를 보호하기 위해서가 아니라 현수의 안전을 확보하기 위함이다.

검은 벤츠가 멀어지자 윌리엄 스테판 기장이 스튜어디스인 스테파니 베나글리오에게 시선을 준다.

"크렘린궁 공보실장이 직접 영접을 나왔네."

"그러게요. 저 정도면 거의 국빈급이잖아요."

스테파니는 넋이라도 빠진 표정이다. 현수의 위상이 점점 높아져만 가는데 그걸 따라가기 힘들기 때문이다.

"근데 우리 회장님이 정말 성자님이실까?"

"그러게요. 대체 무슨 일이 있었던 걸까요?"

이번 비행엔 지르코프와 그의 심복 셋이 동행했다. 지르코프는 당연히 현수의 곁에 앉아 이런저런 이야기를 나눴다.

심복 셋은 뒷자리에 조용히 앉아 있었다. 그렇다 하여 아무런 대화도 나누지 않은 건 아니다.

스테파니는 이들에게 음료를 제공하던 중 현수가 성자라는 이야기를 듣게 되었다. 진짜 신의 아들이라고 믿는 듯한 이야기에 흥미가 돋아 왜 그런지를 물었다.

다행히 일행 중에 러시아어와 독일어를 할 수 있는 자가 있어서 대강의 이야기를 들었다.

검은 까마귀 마을에서 사람들을 바라만 보았는데도 병이 나았다는 말이다. 이를 어찌 믿을 수 있겠는가!

하여 말도 안 된다고 했더니 곁에 있던 사내가 입에 거품을 물며 한참 동안 이야기했다.

그는 지르코프의 차를 몰았던 운전사이다. 자신의 두 눈으로 보았는데 못 믿는다 하자 열변을 토한 것이다.

스테파니로부터 현수가 신의 아들이라는 이야기를 전해 들은 스테판 기장 역시 처음엔 믿지 않았다.

하여 AP(Autopilot Master Swich)로 설정한 뒤 기장석을 나섰다. 자동 비행 상태가 된 것이다.

그리곤 지르코프의 운전사로부터 자세한 설명을 들었다.

믿을 수 없는 이야기지만 없던 일을 지어내는 것 같지는 않았다. 말하는 중간중간 현수에 대해 지극한 경외감을 가졌음을 느낄 수 있었기 때문이다.

그렇기에 둘 다 현수가 성자가 된 스토리를 알고 있는 것이다.

"나야 모르지. 아무튼 회장님이 성자라면 우린 영광인 거야. 성자님을 직접 모시는 기장과 승무원이니."

"어머! 정말 그러네요. 그나저나 저 외출 좀 해도 돼요? 모스크바에 친한 친구가 있어서요."

"그래, 편한 대로 해. 휴대폰만 안 꺼놓으면 되니까. 회장님 움직이시게 되면 연락할 테니."

"고마워요, 기장님!"

스테파니는 윙크를 날리며 배시시 미소 짓는다. 건강하고 아름다운 여인이다.

*   *   *

"하하! 어서 오시게."

"네, 또 뵙습니다. 반갑습니다."

현수가 러시아 대통령 집무실로 들어서자 블라디미르 푸틴이 환한 미소를 지으며 자리에서 일어선다.

"나도 있는데……."

뒤늦게 일어난 메드베데프 역시 웃는 낯이다.

"네, 총리님도 안녕하셨지요?"

"덕분에. 앞으론 좀 자주 봅시다."

"하하! 네, 그래야지요."

현수가 고개를 끄덕여 자주 오지 못했음에 대한 사과를 하자 푸틴이 거든다.

"어이구, 이 친구야! 우리 김 회장이 얼마나 바쁜 사람인지 몰라서 그래? 이렇게 가끔이라도 와주는 것만으로도 감지덕지할세. 그러니 타박하지 말게."

"아, 네. 그렇지요. 제가 깜박했습니다. 김 회장님, 앞으론 자주가 아닌 종종 봅시다."

"하하! 네, 그러겠습니다."

자주나 종종이나 빈도를 나타내는 부사이다. 그리고 같은 어감의 어휘이기도 하다. 짐짓 너스레를 떠는 메드베데프를 보고 환히 웃어주었다.

셋이 자리에 앉자 푸틴이 먼저 입을 연다.

"검은 까마귀 마을에서 보여준 기적은 뭔가?"

"…벌써 보고가 올라온 겁니까?"

"자넨 우리 러시아의 귀빈이네. 그러니 잘 보호해야지."

푸틴은 현수가 올 때마다 경호를 하는 것을 감추지 않았다.

뭔가를 알아내기 위한 경호가 아니라 순수한 의미였기에 감추고 자시고 할 일이 아니기 때문이다.

"한국엔 침술이라는 것이 전래됩니다. 저는 우연한 기회에 좋은 스승님을 만나 그걸 익혔지요."

현수에 대한 행적을 조사해 보면 덕항산에 머물던 기간이 드러나게 된다. 그때 산속의 기인으로부터 배웠다고 둘러대려 말한 것이다.

"한국의 침술을 익혔다고?"

푸틴과 메드베데프가 어찌 침술에 대해 모르겠는가!

현수에 관한 보고가 올라오자 즉각적으로 동양 의술에 관한 조사를 지시했고, 오늘 아침 잘 정리된 보고서를 받았다.

약을 쓰지 않아도 대단한 효과를 보인다고는 하지만 전 세계 어떤 병원에서도 손 놓은 난치병와 불치병을 몇 분 만에 치료해 낸다는 구절은 어디에도 없었다.

현수가 당도하기 직전 푸틴은 가에탄 카구지의 막내아들이 어떤 병에 걸려 어떤 치료를 받았으며 어떻게 하여 완치되었는지에 대한 보고서도 받았다.

필라델피아 어린이병원에서 포기한 환자였는데 현수를 만나 단 한 번의 시료를 받고 완치되었다.

이걸 어찌 평범하다 할 수 있겠는가! 하여 진짜냐는 의미로 반문한 것이다.

"네, 제가 남들보다 머리가 좋아 인체에 대한 이해도가 높아서 일반적인 범주를 넘은 것 같습니다."

"일반적인 범주?"

평범함을 넘어 비범함의 경지에 이르렀다는 자인이다. 하지만 이 말 역시 순수하게 받아들일 수 없다.

바라만 봤는데 심각하게 곪아 있던 환부에서 새살이 돋았다고 하는데 어찌 의술의 힘이라 하겠는가!

"검은 까마귀 마을 사람들이 저에게 성자라는 표현을 썼지만 사실은 많이 과장된 겁니다. 그분들은 침이라는 걸 경험한 적이 없어 신기해 보였기에 그런 듯하네요."

"그런 건가?"

현수의 설명이 그럴듯하다 여기는지 고개를 갸우뚱거린다. 그러다 생각났다는 듯 손목을 내미는 푸틴이다.

"나도 진맥이라는 것 한번 해주게. 손목만 만져보면 무슨 병인지 알아낸다고 들었네."

"…알았습니다. 한번 보죠."

현수는 푸틴의 손목을 잡고 지그시 눈을 감았다. 한의사가 진맥하는 모습과 거의 같다.

손목을 잡는 순간 '마나 디텍션'이라 중얼거린 건 아무도 보지 못했다. 손목에 시선이 집중되어 있기 때문이다.

손목을 통해 푸틴의 체내로 스며든 마나는 허리에 이상이 있음을 보고한다. 디스크 환자인 것이다.

지난 2012년 블라디보스토크에서 열린 아시아태평양경제협력체(APEC) 정상회의 참석 당시 다리를 저는 듯 보였다.

그때 익명을 요구한 한 정부 관계자는 푸틴이 허리 보호대를 착용하고 있다고 전했다. 아울러 이 때문에 해외 순방이 취소되고 있다고 주장했다.

"흐음! 한쪽 다리에서 당기는 증상이 느껴지고, 누워서 다리를 올리면 통증이 심해지나요?"

"허어! 역시 명의로군. 손목만 잡고도 그런 걸 알 수 있나? 대단해! 정말 대단해!"

"한국의 전통의학에선 그렇습니다. 치료해 드릴까요?"

"…부탁하네."

푸틴이 고개를 끄덕이자 현수는 곁에 서 있는 비서에게 시선을 준다.

"침을 놓으려면 침상이 필요합니다. 준비되나요?"

대답은 메드베데프가 한다.

"저기 저 안쪽에 침대가 있네."

러시아는 대통령의 임기가 6년이며 3선은 불가하다.

하여 2회 연임 후 메드베데프가 대통령직을 수행하는 동안 푸틴은 총리를 맡았다.

임기가 끝난 후 다시 출마하여 대통령에 선출되었다.

그렇기에 메드베데프는 이 집무실을 6년간 사용했다. 하여 집무실 안쪽에 휴게공간이 있음을 아는 것이다.

"그래요? 그럼 가시죠."

현수가 일어서자 푸틴이 따라 일어서며 경호원들에게 손짓한다. 안전하니 따라오지 말라는 뜻이다.

푸틴은 허리 디스크 때문에 해외 순방도 여의치 않고, 무엇보다도 연인인 알리나 카바예바 의원에게 미안한 마음을 품고 있다.

현수가 준 바이롯 덕분에 간신히 체면은 살렸지만 고질적인 디스크 때문에 마음껏 움직일 수 없는 상황이다.

그런데 성자라 불리는 현수가 치료를 해준다니 얼씨구나 하며 일어선 것이다.

"자, 이쪽에 엎드리세요."

"알겠네."

푸틴은 엎드린 채 허리띠를 푼 후 와이셔츠를 위로 당겨 올린다. 운동으로 다져진 근육질 몸이 드러난다.

현수는 들고 있던 가방에 손을 넣어 침을 꺼냈다. 아공간에 있는 것을 꺼낸 것이다.

"시침하겠습니다. 약간 따끔할 수 있어요."

"걱정 말고 하고 싶은 대로 하게."

현수는 신중한 표정으로 푸틴의 허리를 만져보곤 침을 꺼내 들고 시침할 자리를 찾았다. 마법을 쓰지 않아도 침만으로도 효과를 볼 수 있음을 알기 때문이다.

푸틴은 4, 5번 요추에 문제가 있었다.

진맥해 보니 족지소음신경(足之少陰腎經)과 족지태양방광경(足之太陽膀胱經)을 다스리면 원인이 제거될 듯하다.

현수는 맥진을 통해 허와 실[虛實], 그리고 한과 열[寒熱]을 가늠해 보았다.

'흐음! 황제내경(黃帝內經)에 기록된 대로 이사일보(二瀉一補)로 시침하면 되겠군. 근데 한번에 완치시키려면 어찌해야지? 시침 후에 마법을 써야 하나?'

현수는 가급적 마법을 쓰지 않을 생각이다. 하여 예전에 읽은 의서의 내용을 떠올려 보았다.

'그래, 사암도인오행침법, 자오유주운침법, 기경침법, 벽해선사침법 등을 활용하면 되겠군.'

시계를 살펴보았다. 자오유주운침법 때문이다.

이 침법은 경혈이 열리는 시각이 따로 있는데 그 시각에 시침하라 하기 때문이다.

'마침 괜찮은 시각이네.'

현수는 신중한 표정으로 혈 자리에 침을 놓았다. 그냥 침만 놓는 것이 저어되어 침 끝에 미량의 마나를 실었다.

더 빠른 효과를 보기 위한 시도이다.

약간 따끔했는지 푸틴은 시침할 때마다 반응을 보인다. 하지만 이를 무시했다.

맨 처음 시침한 자리는 족태양방광경에 속하는 족통곡혈이다. 왼발 새끼발가락 바깥쪽이다.

두 번째는 족소음신경의 태계혈이다. 발꿈치 위쪽에 맥이 뛰는 우묵한 곳이다. 세 번째 시침한 자리는 축빈혈이다. 장딴지 살이 갈라지는 가운데 위치한다.

두 곳은 사(瀉)하고 한 곳은 보(補)하는 시침을 한 후 잠시 기다리며 진맥했다. 경험이 일천하기에 한의사가 하는 진맥이 아니라 마나 디텍션 마법으로 상황을 살핀 것이다.

한편, 메드베데프는 의아한 표정이다. 아픈 건 허리인데 침을 다리에다 놓았다. 그것도 겨우 세 개뿐이다.

상식적으로 이해되지 않았지만 잠자코 기다렸다. 결과는 두고 보면 알 일이기 때문이다.

'흐음! 많이 개선되기는 하겠지만 시간은 걸리겠군.'

침 끝에 실은 마나가 활약을 시작하자 원인이 되었던 신체 불균형이 점차 잡혀감이 느껴진다.

하지만 단숨에 이루어질 일은 아니다. 더 이상의 시침은 하지 않더라도 꾸준한 물리치료가 필요하다.

'마법을 써야 하나? 아냐. 마나포션이면 가능할 거야.'

검은 까마귀 마을에선 한 번에 모두를 치료해 줬다. 그 마을 사람들 전부 킨샤사로 이주시키려는 복안 때문이다.

장모님의 외로움을 덜어주는 것도 목적이지만 바이롯 농장에서 일해줄 사람도 많이 필요하다.

현지인을 쓸 경우 바이롯에 대한 소문이 번질 수 있다. 워낙 효과가 좋기 때문이다.

그런데 검은 까마귀 마을 사람들은 그곳으로 이주하더라도 소수 집단으로 뭉쳐 있게 된다. 러시아 사람들이 거의 없기 때문이다.

따라서 정보 확산을 미연에 차단하는 효과가 있다. 원치 않더라도 폐쇄적일 수밖에 없기 때문이다.

러시아 빈민이 프랑스어, 또는 콩고어에 능통할 수 없는 것이 큰 이유이다.

결과는 대성공이다.

현수가 마을을 떠난 후에도 마음 정하지 못한 사람들은 물론이고 처음 제안 받은 사람들까지 모두 이주를 결정했다.

800가구 4,000여 주민 모두가 지긋지긋한 가난으로부터 벗어나기로 마음먹은 것이다.

안나는 나머지 500여 가구가 진 빚까지 말끔하게 청산해 주었다. 이반스키와 그 일당은 고리대금업을 접었다.

더 이상 돈을 빌리겠다고 오는 이도 없고 이자를 받으러 갈 곳 또한 없기 때문이다.

이들은 하루 종일 빗자루를 들고 검은 까마귀 마을의 구석 구석을 청소하는 중이다.

어쨌거나 800여 가구 전부가 이주를 결정한 또 다른 이유는 모두가 이웃이고 친지이며 친척인 관계인지라 다 같이 가면 적적하지 않을 것이란 것도 한 요인이다.

'흐음! 마나포션 하나면 충분하겠지.'

생각난 김에 아공간에 있는 것을 꺼냈다. 지난 3월 2일에 둘에게 각각 15병의 바이롯을 선물했다.

그것을 다 복용하이 향후 1년간은 침실의 제왕으로 지낼 수 있을 것이라 호언장담했다.

더 이상 고개 숙인 남자로 살지 않고 포효하는 지배자가 될 것이라는 말에 둘 다 환히 웃었다. 남들에게 말 못하던 고민 하나가 해소되었다 생각한 때문이다.

그런데 푸틴은 왕성한 정력을 얻고도 허리가 문제여서 큰 효과를 보지 못하였지만 메드베데프는 처음부터 그런 장애 요인이 없었다.

하여 눈에 뜨이게 수척해져 있다. 기력이 보충될 시간적 여유 없이 바이롯의 효능을 너무 많이 본 때문일 것이다.

현수는 침을 뽑아냈다.

"대통령님, 이제 그만 일어나서도 됩니다."

"벌써?"

"네, 시침은 끝났습니다. 이제 이걸 드십시오. 총리님도 하나 드시구요."

"이게 뭔가?"

얼떨결에 마나포션이 담긴 삼각 플라스크를 받아 든 푸틴이 의아하다는 표정을 짓는다.

실험실에서나 볼 수 있는 상황이기 때문이다.

"이건 기력이 왕성하도록 돕는 신약입니다. 한 번에 쭈욱 들이켜세요."

"기력이 왕성해져?"

"네, 인체에 무해한 것이니 마음 놓고 드셔도 됩니다."

"흠! 그런가?"

뽕—!

푸틴은 이게 대체 뭔가 싶은 생각을 하면서도 삼각 플라스크의 주둥이를 막고 있는 코르크 마개를 뽑았다.

"흐음! 이 향기는……?"

푸틴은 냄새만으로도 심신이 청량해지는 느낌이 들자 범상치 않은 것이라 생각했는지 얼른 입에 댄다. 그리곤 거리낌 없이 들이켜기 시작한다.

꿀꺽, 꿀꺽, 꿀꺽—!

메드베데프는 푸틴을 바라보고 있다.

현수를 믿지만 둘 다 한꺼번에 복용했다가 부작용이라도

생기면 심각한 상황이 되기 때문이다.

그래서 자신이 먼저 복용하려 했다. 푸틴의 비중이 자신보다 훨씬 더 크기 때문이다.

그런데 먼저 마셔 버리니 멍한 표정으로 보는 것이다.

"크흐음!"

목을 완전히 젖혀 마지막 한 방울까지 마신 푸틴은 비강을 통해 빠져나가는 향기를 느끼며 눈을 감는다.

식도를 통해 위장으로 내려가는 곳부터 시원함이 느껴진다. 뭔지는 모르지만 몸에 해롭지 않다는 느낌이다.

같은 순간, 푸틴의 위장으로 들어간 마나포션은 빠른 속도로 확산되어 간다. 싱거운 국에 소금을 넣으면 특유의 짠맛이 번져 나간다. 그런데 그 속도가 매우 빠르다.

마나포션은 이보다 빠른 속도로 푸틴의 몸속 깊숙한 곳으로 번져 나간다. 그러다 현수가 시침한 족태양방광경과 족소음신경을 만나자 급속도로 두 경맥의 통로를 따라 이동한다.

그러는 동안 부실한 부분은 보완하고, 문제가 생긴 부분은 원인을 제거했다.

사실 푸틴의 디스크는 나쁜 자세가 만들어낸 것이다.

혼자 있을 때면 늘 한쪽 다리를 꼬고 앉았는데 이로 인해 골반이 원래 위치에서 약간 이탈한 때문이다.

침으로 자극을 가했고, 마나는 가장 효과적인 자극이 되도록 도왔다. 그러고도 많은 기운이 남았다.

이것들이 체내를 순환하며 부족해진 기력을 보충해 갔다.

"어떠십니까?"

"…어라?"

현수의 물음에 무의식적으로 허리를 움직여 본 푸틴은 놀랍다는 표정을 감추지 않았다. 이럴 때마다 저린 증상이 심하게 느껴졌는데 전혀 그렇지 않기 때문이다.

"몸을 앞으로 숙여보세요."

현수의 몸짓을 따라해 보니 손가락이 땅에 닿는다. 그런데 아프지 않다. 하여 고개를 갸웃거렸다.

"아마 다 나으셨을 겁니다."

"…이렇게 간단히?"

겨우 침 세 방이다.

그런데 주치의조차 해결하지 못한 허리 디스크를 완전히 다스렸다는 뉘앙스의 말을 하니 저도 모르게 반문한 것이다.

"괜찮으시죠?"

"세상에 맙소사!"

푸틴은 말을 잇지 못했다. 늘 신경 쓰이던 허리가 너무도 편안했기 때문이다.

"자네 진짜 성자인 건가?"

"성자는요. 그저 침을 잘 놓을 뿐입니다."

"……!"

푸틴은 눈빛으로 진위를 파악하겠다는 듯 아무런 대꾸 없이 바라만 본다. 이에 어깨를 슬쩍 들썩여 주었다.

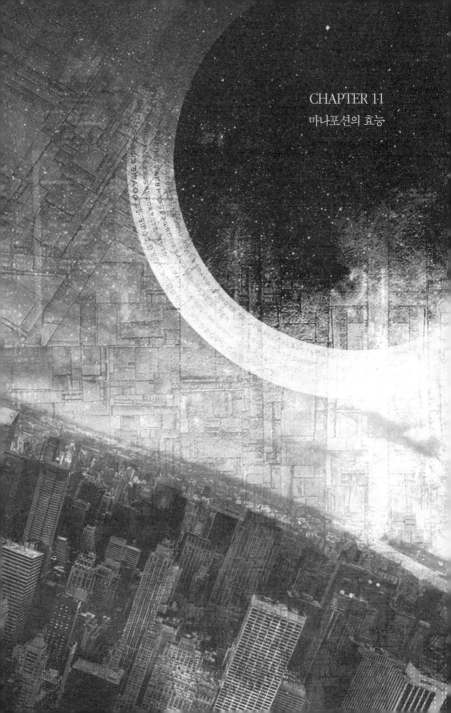

CHAPTER 11
마나포션의 효능

 "어! 그거 왜 안 드세요? 마시면 눈 아래 다크서클이 즉시
사라질 겁니다."

 한의학에서 인체의 장기 중 신장은 에너지 창고로 불린다.
성장과 발육, 그리고 정력의 원천이라 할 수 있다.

 부모로부터 물려받은 선천적인 에너지를 원기라고 하는
데, 이는 신장에서 저장되고 소모 및 재생된다.

 이러한 원기는 과도한 성생활을 할 때 많이 소모된다.

 다시 말해 너무 과한 성생활은 원기를 소모케 하여 신장의
정기를 메마르게 한다.

참고로 원기는 쓰는 만큼 채워지는 것이 아니라 평생을 두고 서서히 고갈되어 가는 것이다.

메드베데프는 바이롯의 효능 덕에 침실의 제왕으로 군림하는 중이다. 문제는 너무 과도하여 원기 소모가 크다는 것이다.

그 결과 눈 밑에 시커먼 다크서클이 형성되어 있다.

하루 종일 정무에 시달렸으면 퇴근 후엔 편히 쉬어야 하는데 그러지 못했기에 피로 누적으로 인한 혈액 순환 장애를 겪고 있음을 드러내는 것이다.

"아! 그런가?"

그렇지 않아도 다크서클이 신경 쓰이던 차다.

사람들을 만날 때마다 '혹시 어디 아픈 건 아니냐?', '병원엔 가보았느냐?'는 물음을 너무도 많이 들은 때문이다.

메드베데프의 아내 스베틀라나 블라디미로브나 메드베데바도 1965년생이니 둘은 동갑이다.

여사는 남편의 건강이 염려되어 몸에 좋다는 건 다 구해다 먹이는 중이다. 하지만 줄여야 할 것을 줄이지 않아 나날이 수척해지는 것을 걱정하고 있다.

메드베데프는 매일 아침 다크서클이 점점 짙어진다는 소리를 들었다. 그게 사라진다니 듣던 중 반갑다는 표정이다.

"정말 이걸 마시면 괜찮아지나?"

"백문불여일견(百聞不如一見)이라는 말이 있습니다. 백 번

듣는 것보다 한 번 보는 게 더 낫다는 뜻이지요. 저를 믿으신다면 단숨에 그걸 비우시면 됩니다."

현수의 자신만만한 표정을 읽은 메드베데프는 푸틴에게 시선을 주었다. 얼마 안 되는 사이지만 안색이 달라 보인다.

허리 디스크를 빼고 나면 자신과 견주어도 결코 뒤지는 것이 없는 사람이다. 1952년생이 열세 살이나 많음에도 그랬다.

하지만 나이만은 어쩔 수 없어 얼굴에 주름이 조금씩 늘고 있었다. 절대 권력자이지만 세월 따라 노인이 되어가는 중인 것이다.

그런데 지금은 다르다.

안색이 밝아졌고 혈색이 감돈다.

눈빛은 더욱 진해진 듯싶다. 뭐라 딱 짚어서 말할 수는 없지만 원기왕성해진 느낌이다.

이 모든 게 손에 들고 있는 삼각 플라스크 속에 담긴 액체의 효능이라 여겨진다. 하여 코르크 마개를 뽑았다.

뽕—!

"......!"

마개를 뽑고 무의식적으로 냄새를 맡은 메드베데프의 눈이 크게 뜨인다. 상서로운 향기 때문이다.

꿀꺽, 꿀꺽, 꿀꺽—!

플라스크를 다 비우는 데 걸린 시간은 채 1분이 되지 않았다. 거꾸로 들고 탁탁 털어 마지막 한 방울까지 핥고는 손목을 내민다. 자신도 진맥해 달라는 뜻이다.

현수는 이 손목을 잡으며 입술을 달싹였다.

"마나 디텍션!"

맥문을 통해 스며든 마나는 메드베데프의 신체 상태에 관한 보고를 시작한다. 구강 내 충치가 진행되고 있다는 것 이외엔 딱히 질병이라 할 만한 것이 없다.

"좋군요. 충분한 휴식과 균형 잡힌 식사, 그리고 적당한 운동만 곁들이시면 백 살까지는 무병장수하겠습니다."

"정말인가?"

몸이 정상이라는 뜻이기에 메드베데프의 얼굴에 웃음이 어린다.

"네, 잠시 자리에 앉아서 편히 쉬십시오. 기력이 회복되는 걸 느끼실 수 있을지도 모릅니다."

"그러지."

건너편에 앉은 푸틴은 벌써 눈을 감은 채 명상이라도 하는 모습이다. 체내에서 일어나는 현상이 정확히 어떤 것인지를 알지 못하지만 왠지 비워져 있던 그릇에 무언가가 채워지는 느낌을 받은 때문이다.

메드베데프 역시 눈을 감고 체내를 관조하기 시작한다.

현수는 가방 속에 넣어온 서류들을 꺼냈다. 그간 틈틈이 메모해 놓은 다이어리 역시 포함되어 있다. 둘이 눈을 감고 있는 동안 메모한 것들을 살펴보곤 잠시 기다렸다.

하지만 시간은 길지 않았다. 푸틴이 먼저 눈을 뜨곤 현수를 바라본다.

"고맙네! 뭐라 이야길 해야 할지. 김 회장 덕에 확실히 나아졌네. 컨디션도 좋은 것 같고."

"앞으로 이틀 정도는 힘든 일 하지 마시고 컨디션 조절을 하십시오, 그러면 지금보다 더 나아질 겁니다."

"정말인가?"

지금도 좋은데 더 좋아진다니 푸틴은 방금 한 말이 사실이냐는 표정을 짓는다.

현수는 말없이 고개만 끄덕여 주었다.

"고맙네, 고마워!"

"제 능력으로 해드릴 수 있는 걸 한 것뿐입니다."

"…그래도 고마운 건 고마운 거지. 잊지 않겠네."

"나도 고맙네. 몸이 정말 많이 가뿐해졌어."

메드베데프의 눈 아래에 있던 다크서클은 확연히 옅어져 있다. 조금 더 시간이 지나면 완전히 사라질 것이다.

러시아 최고의 권력자들이 마음을 열었다.

둘이 권좌에 있는 한 현수의 사업은 탄탄대로를 걷는 것처럼 손쉬울 것이다.

"자, 이제 일 이야길 좀 하지."

"네, 그렇지 않아도 그러려 했습니다. 아시는지 모르겠습니다만 알렉세이 이바노비치의 두 딸 올가와 나타샤의 부군들에게 이실리프 자치령 개발을 맡겼습니다."

"전직 연방재판소 판사와 검사지."

"아! 벌써 그만뒀습니까?"

"그 일을 하려면 당연히 그래야 하는 거 아닌가?"

푸틴은 현수가 레드마피아 보스의 후계자가 된 것이 마음에 들면서도 불편하다.

마음에 들지 않는 것은 알렉세이 이바노비치 휘하 조직에 대한 소탕령을 내릴 수 없기 때문이다. 마음에 드는 것은 그들을 통제할 수 있게 되었다는 것이다.

그러다 달리 생각해 보니 손(損)보다는 익(益)이 많다 생각하고 고개를 끄덕인 바 있다. 사업에 장애가 될 수 있는 존재들을 모두 밑에 거느린 셈이 되기 때문이다.

그러던 중 이실리프 자치령에 대한 개발 총책임을 이바노비치의 사위들에게 일임했음을 알게 되었다.

둘은 엘리트이다. 그리고 빵빵한 배경을 가졌다.

전직 판사인 올가의 남편 유리 파블류첸코의 부친은 로스아톰(RosAtom)의 사장이다.

이 회사는 러시아 원자력부를 대신하는 국영기업이다.

밑에 여러 자회사가 있는데, 국내 원전을 건설 및 관리하는 아톰에네르고프롬(Atomenergoprom)과 핵무기 콤비나트, 원자력 연구소와 원자력 안전청이 있다.

전직 검사인 나타샤의 남편 안드레이 자고예프도 배경이 좋다. 그의 부친은 현재 UAC의 부사장이다.

UAC는 United Aircraft Corporation의 이니셜로, 러시아의 모든 군수 및 민간 항공기 제조사를 합병시킨 회사이다.

미코얀(Mikoyan), 수호이(Sukhoi), 일류신(Ilyushin), 이르쿠트(Irkut), 투폴레프(Tupolev), 야코블레프(Yakovlev), 베리에프(Beriev)사 등이 망라되어 있다.

여러 회사로 분산된 항공사들을 통합해서 경쟁으로 인한 낭비를 최소화하고 체계적인 항공기 개발을 하려는 의도로 추진된 병합이었다.

둘 다 친 정부 인사들이다. 따라서 푸틴은 이들의 자식들이 중책을 맡은 것이 마음에 들었다.

자치령 개발 사업에 마피아가 참여하기는 하지만 주도하는 것은 아니기 때문이다.

정부의 체면을 고려한 것이다.

게다가 항온의류와 쉐리엔 유럽 독점 판매권을 줌으로써 세수가 크게 늘고 마피아의 활동이 음지에서 양지 쪽으로 지향하게 된 것은 더 좋았다.

경제는 점점 더 활성화되고, 더 많은 세금이 걷히며, 국민들이 뚱뚱해져서 소모되는 의료 비용은 줄어들고, 추위 때문에 위축되는 일도 줄어들 것이기 때문이다.

푸틴에게 있어 현수는 써도 써도 마르지 않는 샘물 같은 존재이다. 그렇기에 현수를 보는 눈빛에 친근함이 배어 있다.

"자치령 개발 사업이 본격화되면 상당히 많은 건축 자재가 필요합니다. 그리고 건설사들에겐 많은 일감이 주어질 겁니다. 제가 우려하는 건 담합입니다."

"담합?"

"네, 미리 말씀드리지만 자재상들이 담합할 경우 전량을 한국에서 실어올 수도 있습니다. 건설사 역시 과도한 공사비를 요구할 경우 천지건설이 들어올 겁니다. 그때 배려를 부탁드립니다."

"……!"

현수의 이런 우려는 러시아로 진출한 많은 외국인 회사가 겪는 일이다. 담합하여 건자재 가격을 올리는 일이 다반사이며, 건설사들 역시 비슷하다.

사실은 레드마피아가 개입된 경우가 많은데 그런 상황을 모르기에 한 말이다.

"그건 걱정하지 않아도 되네. 우리 정부가 주시할 테니. 안 그런가, 총리?"

"그럼요! 가격 단속, 확실히 할 테니 걱정 마십시오."

메드베데프는 자신 있다는 표정이다.

"만일 그런 일이 벌어진다면 김 회장이 방금 말한 대로 한국산 건자재를 들여오고 천지건설이 공사를 맡는 것에 대해 이의 없네. 내가 약속하지."

푸틴의 눈에선 믿어달라는 눈빛이 흘러나오고 있다.

"고맙습니다. 노파심에서 드린 말씀이었습니다."

자칫 상대의 체면을 손상시키는 발언일 수도 있기에 한 말이다.

"아닐세. 사업가란 모름지기 일어날 수도 있는 일에 대한 준비가 있어야지. 김 회장의 생각이 옳네. 적극 협조할 테니 원하는 대로 해보게."

"감사합니다, 대통령님. 그리고 총리님."

대화는 아주 화기애애했다. 현수는 계속해서 자치령 개발에 관한 이야기를 했다. 푸틴과 메드베데프는 간간이 메모를 하며 경청했다.

러시아와 몽골에 있는 자치령 두 곳에 대한 개발 사업이 완료될 때까지 러시아의 경제는 매우 활성화될 것이다.

국민들에게 장밋빛 청사진을 제시해도 될 정도이다.

실업률은 제로에 수렴되고 소비가 활발해진다. 더 많은 세금이 걷히고 불만에 찬 목소리는 줄어들게 된다.

따라서 개발 사업은 일석십조쯤 되는 일이다. 적극적으로 돕는 것이 훨씬 이익이기에 분위기가 좋을 수밖에 없다.

이 과정에서 현수는 한 가지를 다시 확인했다.

조차지에 매장되어 있을지도 모를 지하자원에 관한 내용이다. 푸틴은 조약서에 기록된 대로 소유권을 인정하겠다고 다시 한 번 다짐해 주었다.

＊　　　＊　　　＊

"자기! 흐흑! 얼마나 보고 싶었다구요."

크렘린궁을 나와 저택에 당도하니 이리냐가 뛰어나온다. 와락 품게 안기며 눈물을 흩뿌린다.

너무도 사랑하는 임이지만 떨어져 있었기 때문일 것이다.

"미안, 미안! 그동안 잘 있었지?"

"흐흑! 네, 그럼요!"

현수가 이리냐의 눈물을 닦아주자 환히 웃는다. 빗속에 핀 장미처럼 아름답다.

"여기서 이럴 게 아니라 안으로 들어가자."

"흐흑! 네."

이리냐는 현수의 왼편에 서서 힘주어 팔짱을 낀다. 당연히 뭉클한 무언가가 팔꿈치에 닿는다.

현수는 피식 웃고는 팔을 빼서 어깨를 보듬어 안았다.

"우리 이리냐, 그동안 힘들었나 봐."

"네? 왜요?"

"조금 마른 거 같아서. 쉐리엔으로 살을 뺀 건 아니지?"

이리냐는 입술을 삐죽인다.

"쳇! 쉐리엔은 적정 수준 이하로는 살이 안 빠지는 거 모르세요? 쉐리엔은요……."

잠시 설명이 이어진다.

체질량 지수(BMI)라는 것이 있는데, 이는 신장과 체중의 비율을 사용한 체중의 객관적인 지수이다.

체중을 신장을 제곱한 것으로 나눠서 산출하며 단위는 kg/㎡이다. 18.5~22.9가 정상 범위이다.

예를 들어, 현수의 신장은 184㎝이다.

정상은 62.6~77.5kg이며, 이때의 체지방은 10.1~16%, 체수분은 61.5~65.8% 범위 내에 들어야 한다.

쉐리엔은 정상 범위 하한을 넘어서도록 살을 빼주진 않는다. 다시 말해 부작용이 전혀 없는 다이어트 보조제이다.

모든 설명을 들은 현수는 놀랍다는 표정을 짓는다.

"아, 그랬어? 몰랐네. 근데 그건 어디서 발표한 결과야?"

"어디긴요, 이실리프 메디슨이죠. 거기 연구실에 있는 김지우 박사라는 사람이 연구하여 발표한 결과예요. 그래서……."

또 이리냐의 말이 이어진다.

김지우 박사의 연구 결과가 발표되자 쉐리엔은 그야말로 날개 돋친 듯 팔려나가는 중이다. 인류가 꿈꾸던 부작용 없는 완벽한 다이어트 식품이니 당연한 일이다.

"그러니까 쉐리엔으로 살 뺐다는 말씀은 하지 마세요."

"그래그래, 알았어. 근데 뭐 좋은 소식 없어?"

"좋은 소식이요? 어떤 좋은 소식 말씀하는 거예요?"

"글쎄! 우리 이리냐가 임신을 했다든지 하는 거?"

"쳇! 하늘을 봐야 별을 따죠. 나 혼자 독수공방시켜 놓고선…… 혹시 언니들 임신했어요?"

이리냐는 거의 매일 지현과 연희와 연락을 주고받는다. 직접 통화할 때도 있고 이메일로 소식을 주고받기도 하는데 그보다는 '텔레그램 메신저'를 이용한 채팅을 주로 한다. 전화 통화나 이메일을 주고받는 것보다 안전하기 때문이다.

예전엔 한국에서 개발한 채팅 앱을 주로 사용했다.

하지만 최근엔 아니다.

한국의 국가기관이 개인의 대화까지 사찰한다는 소식을 들은 이후엔 일절 사용하지 않고 있다.

수많은 사람이 연결되어 자유롭게 소통하는 SNS의 특성을 무시한 '일단 털고 보자' 식의 압수 수색 관행이다.

사적인 대화 내용을 누군가가 들여다볼 수 있다고 생각하면 얼마나 끔찍하겠는가!

그러는 것 자체가 마음에 들지 않아 한국산 채팅 앱을 사용하지 않는 것이다.

사실 자유민주주의 국가에서 공권력을 동원하여 이런 일을 저지르는 것 자체가 말이 안 된다. 그럼에도 한국 정부는 무시로 이런 짓을 자행한다.

현재의 정권은 국민을 섬기는 것이 아니라 일개 통치의 대상으로 여긴다는 것을 반증하는 처사이다.

대한민국 헌법의 시작은 다음과 같이 명기되어 있다.

제1조 1항. 대한민국은 민주공화국이다.

민주는 주권이 국민에게 있다는 뜻이다.

공화국은 주권을 가진 국민이 직접, 또는 간접선거로 일정한 임기를 가진 국가원수를 뽑는 국가 형태라는 것이다.

제1조 2항. 대한민국의 주권은 국민에게 있고, 모든 권력은 국민으로부터 나온다.

2항은 1항을 더욱 강조하는 의미와 더불어 국민이 직접, 또는 간접선거로 선출한 국가원수가 국민을 지배하는 존재가 아님을 분명히 하고 있다.

헌법의 시작에 이처럼 강조된 것을 현재의 한국 정부는 곡해하고 있는 듯하다.

채팅 앱뿐만 아니라 언론과 방송을 사찰 및 통제하며 국민들에게 선별된 뉴스만 내보내게 하고 감시한다.

누가 주인이고, 누가 국민의 뜻을 대리하는 존재인지를 망각했음을 의미한다.

위에서 지시한다고 그대로 따라하는 공무원들은 국민을 위한 존재가 아니고 정권을 쥐고 있는 자의 하수인 내지는 앞잡이에 불과하다.

어쩌면 호가호위하며 패악을 자행하던 예전의 마름[23])보다도 못한 개자식들일 수도 있다.

몇 푼 안 되는 월급과 일신의 영달을 위해 국민을 배반했으니 정의가 살아 있다면 이런 자들은 당연히 일벌백계해야 한다. 파면은 당연한 것이고, 법을 개정하서라도 퇴직금 전액 및 연금 혜택을 박탈해야 한다.

아울러 영원히 공직에 다시 발을 들여놓을 수 없도록 조치해야 옳다.

아무튼 현재의 정부는 국민을 자신들이 통제해야 하는 존재로 인식하고 있다.

---

23) 마름 : 지주로부터 소작지의 관리를 위임받은 사람.

자신들이 국민을 위해 존재한다는 것을 망각하고 있으니 지극히 잘못된 시각과 자세이며 반드시 개선되어야 한다.

또한 언젠가 반드시 처벌을 가해 다시는 같은 일이 반복되지 않도록 해야 한다.

아무튼 한국에서 사용하는 채팅 앱은 국가가 마음대로 들여다보았다고 한다. 그런데 현수는 스타 중의 스타이다. 한때는 국민전무로 불렸고, 지금은 축구의 신으로도 불린다.

현재는 거대 은행의 은행장이며, 초거대 기업의 수장이기도 하다. 게다가 뛰어난 작곡가이며, 작사가이기도 하다.

당연히 현수의 사생활을 알고 싶은 이가 많을 것이다.

빙판의 여신으로 불리던 김연아 선수에 대한 호기심보다 훨씬 더 많다. 무엇을 먹고, 무엇을 입으며, 어떤 잠자리에서 자는지, 무슨 생각을 하며 사는지 등등이다.

그런데 국산 채팅 앱을 사용하다 부인이 셋이라는 것과 마법사라는 게 드러나게 되면 몹시 시끄러울 것이다.

하여 보안이 철저한 텔레그램 메신저로 바꾼 것이다.

참고로 이 회사의 서버는 한국 내에 존재하지 않고, 암호화된 메시지가 전송되도록 서비스하고 있다.

한국 정부의 공권력이 미치지 못하는 곳이다.

독일에 기반을 둔 이 회사는 러시아의 최대 사회관계망인 브이콘탁테24)를 창시한 사람들이 만든 회사이다.

이리냐는 오늘 아침에도 둘과 메시지를 주고받았다. 그런데 지금껏 임신에 관한 내용은 없었다.

그럼에도 현수가 임신 운운하자 눈을 크게 뜬다. 언니들만 임심하고 자신은 못한 상황이 아닐까 저어된 것이다.

하여 진실을 말해달라는 표정으로 현수를 직시한다.

"아니. 아직 안 했어. 이리냐도 아직이지?"

"쳇! 하늘이 없었잖아요. 근데 무슨 수로 별을 따요? 남편이 없이으 임신 못하는 거 몰라요? 바쁘기만 엄청 바빠서 잠도 제대로 못 자는네."

"아, 바빴어? 뭐가 그리 바빴는데?"

이리냐에겐 이 저택의 관리와 자금 집행만을 맡겼다.

저택의 관리는 집사장인 안톤이 알아서 잘했을 것이고, 자금 집행은 올가와 나타샤의 남편인 두 형부로부터 요청이 있을 때마다 온라인으로 송금하면 그만이다. 그리고 송금한 돈의 사용 내역을 이메일로 보내면 임무 끝이다.

모든 일이 집에서 편히 앉아서도 할 수 있는 것이기에 의아하다는 표정을 지어 보였다.

"자기가 들어가 보면 알겠지만 저택 뒤에 온실을 만들었어요. 그리고……"

이리냐는 그간 자신이 한 일을 이야기하기 시작한다.

---

24) 브이콘탁테(Vkontakte) : 러시아판 페이스북. 2007년에 개발되었음.

저택 내부에선 인테리어 공사가 진행되었다. 이 공사를 위해 한국에서 사람들이 왔다. 러시아보다 한국이 훨씬 더 발전된 인테리어 문화를 가지고 있기 때문이다.

다음은 두 형부가 추진하는 일이 잘되는지를 확인하는 것이다. 믿지 못해서 그런 게 아니라 혹시 빠뜨린 것이 있다 싶어서이다.

"참, 테리나 언니가 여기 와 있어요."

"테리나가 여기에?"

"네, 얼마 전부터 와서 절 도와주고 있었어요."

"그래?"

대화를 나누면서 현관 안에 발을 들여놓자 안톤이 정중히 허리를 숙여 예를 갖춘다.

"어서 오십시오, 가주님!"

"아, 안톤! 오랜만이에요. 그간 잘 있었죠?"

"물론입니다. 신수가 훤해 보여 좋습니다."

"그래 보여요? 하하! 좋아 보인다니 기분 좋네요."

짐짓 너스레를 떨 때 하녀장 타찌아나와 요리장 타날리야가 다가와 고개를 숙인다.

"어서 오세요, 가주님!"

"다시 뵈니 좋네요. 그간 안녕하셨지요?"

둘에 이어 마가리타와 플로라 등도 고개를 숙여 예를 갖춘다. 지극히 공손한 모습이다.

모두들 정갈한 의복을 입고 있고 혈색이 좋아 보인다. 좋은 대우를 받으며 잘 지냈으니 당연한 일이다.

하여 덕담 한마디 하려는데 저쪽 문이 열리며 눈부시게 아름다운 여인이 나타난다.

엷은 베이지색 정장과 검은색 스커트로 이루어진 깔끔한 디자인의 투피스를 걸친 예카테리나이다.

"회장님 오셨군요."

"아! 테리나! 여긴 어떻게……?"

현수의 말은 이어지지 못했다. 테리나의 뒤쪽에서 두 청년이 나온 때문이다.

"제 동생들이에요. 빅토르, 세르게이, 인사드려. 이실리프 그룹의 총수이신 김현수 회장님이셔."

"안녕하십니까? 회장님! 처음 뵙습니다. 빅토르 브레즈네프입니다."

"저는 세르게이 브레즈네프입니다. 이렇게 만나 뵙게 되어 정말 영광입니다."

"아, 그래요. 나는 김현수라고 합니다."

둘 다 모스크바 국립대학에 재학 중인데 빅토르는 화학과 4학년, 세르게이 역시 4학년으로 지질학을 전공하고 있다.

둘 다 테리나처럼 명석한 두뇌의 소유자들이라 한다.

이곳에 와 있는 이유는 둘 다 이실리프 자치령의 직원이 된 때문이다. 자치령 개발 사업이 본격화되기 전까지 인력을 충원하는 임무가 부여되었다. 인맥을 총동원하여 우수한 인재들을 끌어들이도록 한 것이다.

그러는 동시에 이리냐를 도와 브레인 역할을 하고 있다. 물론 테리나도 함께한다.

이리냐와 테리나는 많이 친해진 듯 스스럼없는 모습이다.

빅토르와 세르게이는 러시아에선 찾아보기 힘든 연봉을 받기로 한 만큼 정말 최선을 다해 일하는 중이라 한다.

차 한 잔을 마시며 현수는 이들 둘과 대화를 나눴다. 자치령에 대한 그들의 의견을 청취한 것이다.

젊은이답게 진취적이며 긍정적 사고를 가졌음이 확인되어 내심 흐뭇했다. 자신을 위해 헌신적으로 일해줄 든든한 직원이 생긴 때문이다.

차를 마신 뒤에는 저택 내, 외부를 천천히 돌아보았다. 짧은 시간이지만 많이 바뀌어 있다.

외부는 조경사들이 공들인 흔적이 그대로 엿보인다.

그런데 아직 날씨가 서늘해서 식재 후 적응이 원만하지 않은 듯싶다. 이걸 아리아니가 어찌 그냥 두고 보겠는가!

시들시들한 나무들을 보곤 곧바로 작업을 시작한다. 4대 정령 모두 호출되어 아리아니의 지시에 따라 일을 한다.

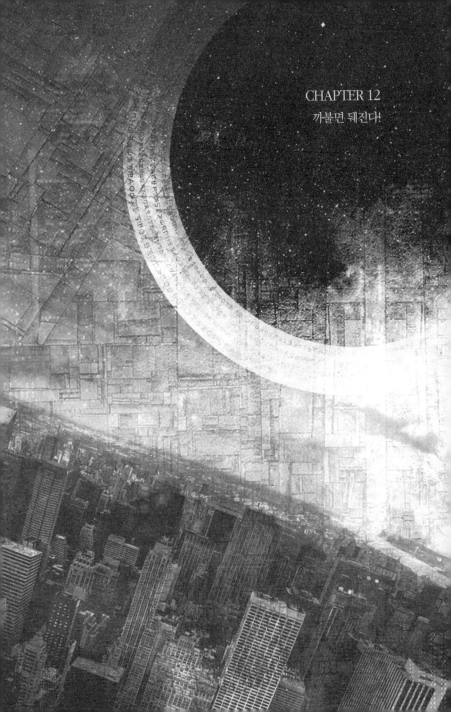

CHAPTER 12
까불면 뒈진다!

　노에디아는 부족한 양분을 넉넉하게 끌어모아 주었고, 엘리디아는 충분한 수분을 보충해 주었다.

　이그드리아은 식물 생장에 적합한 온도가 되도록 온기를 생성시켰고, 실라디아는 이게 훈풍이 되도록 했다.

　아리아니는 일련의 작업을 마칠 때쯤 숲의 요정이 내릴 수 있는 가호를 베풀어주었다.

　'주인님, 여신의 가호를 얘들한데도 베풀어주실 거죠? 제가 보니까 얘들, 시원치 않아요. 그러니 꼭이에요, 꼭!'

　저택 외부 구경을 마치고 안으로 들어설 때쯤 현수의 어깨

위로 내려앉은 아리아니가 한 말이다.

'알았어. 조금 이따가 해줄게.'

곁에서 이리냐가 좋알거리고 있기 때문이다.

가이아 여신의 은총까지 베풀면 이 저택의 초목들은 병충해로부터 완벽하게 해방될 것이다.

직사광선이 너무 강하거나 수분이 부족해도 잎이 시드는 일이 없고, 양분이 부족한 일도 없다.

유실수는 보기도 좋고 먹기도 좋은 과실을 생산해 낼 것이고, 꽃이 피면 향기가 진동할 것이다.

내부로 들어와 가장 먼저 주방에 가보니 많은 것이 달라져 있다. 식기가 모두 한국산으로 교체되어 있다.

냉장고를 열어보니 락앤락 용기 속에 각종 식재료가 가지런히 정리되어 있다. 프라이팬과 냄비, 심지어 주걱과 국자까지 한국산이다.

2층은 가장 많은 변화가 있었다. 전보다 더 고상하고 우아하면서도 세련된 모습이다.

이 저택은 대지 10,000평에 건평이 2,000평이다. 3층 건물이지만 현대식 건물로 따지면 7층 높이이다.

층고가 높아 시원시원한 느낌이 든다.

지하실도 3층으로 지어져 있는데 지하 1층은 반지하이다.

전에는 주인이 사용하는 침실만 열 개가 있었다.

가장 크기가 작은 방의 실면적이 30평 이상이었고, 너른 건 120평짜리였다. 이 방들의 곁에는 화장실, 샤워실, 욕실, 드레스 룸, 비품실 등이 딸려 있었다.

그런데 이것들이 통폐합되어 있다.

2층엔 현수의 침실과 거실, 그리고 서재와 체력 단련을 위한 방들이 준비되어 있다. 물론 부속실은 별도이다.

나머지 면적은 네 개의 커다란 방과 부속실 등으로 구성되어 있다. 지현과 연희, 그리고 이리냐를 위한 방들이다.

방 하나가 남았기에 왜 그랬느냐고 물었더니 나중에 이야기해 준다며 얼버무린다.

3층은 미용과 육아를 위한 공간으로 구성되어 있다. 세련되면서도 현대적인 감각이 돋보이는 인테리어이다.

이리냐의 안목을 엿볼 수 있어 현수는 기분이 좋았다.

예쁘고, 상냥한데다, 몸매도 좋고, 머리도 좋은데 미적 감각까지 갖췄으니 어찌 불만이겠는가!

여기저기 구경하는 동안 이리냐는 팔짱을 풀지 않았다. 그리고 방마다 구경시켜 주면서 뽀뽀를 해댄다.

현수로부터 사랑 받는 일에 굶주려 있던 때문이다. 하지만 침실로 갈 수는 없었다. 아래층에 테리나와 그 동생들이 있고, 가야 할 곳이 있기 때문이다.

저택 구경을 마친 현수는 테라스로 나가 차를 마셨다.

이 자리엔 테리나도 동석했다. 몽골과 북한에 들어가기 전에 법률적인 검토를 해야 하기 때문이다.

테리나는 하버드 로스쿨 출신답게 빈틈이 없다.

가히 장자방이라 불러도 좋을 정도로 모든 상황과 경우의 수를 꿰고 있었다.

참고로, 장자방은 한나라 고조 유방의 책사인 장량(張良)을 일컫는 말이다. 장량의 자가 자방(子房)이어서 장자방이라고 부르는 것이다.

유방이 이르기를, '장량은 군막에서 계책을 세워 천 리 밖의 전쟁을 승리로 이끌었다' 고 했다.

테리나는 국제정세와 경제상황, 그리고 이웃 국가의 관계와 향후전망을 종합하여 세 개의 안을 내놓았다.

그러면서 이 중 무엇을 선택하든 다 현수의 뜻대로 될 터이니 편히 고르라고 하였다.

만반의 준비를 갖춰놓았음을 의미한다.

현수는 테리나를 다시 보지 않을 수 없었다. 아름답고 조신하며 영특한 두뇌를 가진 여인이다.

하나 단점이 있다면 아내가 셋이나 있는 유부남을 포기하지 못해 시들어가고 있다는 것이다.

그래도 어쩌겠는가!

결혼 전에 지현과 연희, 그리고 이리냐가 있는 자리에서 맹

세한 바 있다. 더 이상의 여인은 거두지 않겠노라고.

조금 더 일찍 만나 연애 전선에 끼어 있었다면 테리나 역시 현수의 여인이 되어 있을 수도 있다. 그만큼 경쟁력이 강력했기 때문이다.

하지만 현수는 이미 지나가 버린 버스다.

타지 못한 것이 안타깝지만 방법이 없다. 그럼에도 현수를 바라보는 눈빛이 반짝인다.

현수는 시선을 마주치지 않으려 애쓰며 대화를 이어갔다. 보고 받을 건 받아야 하고 의논할 것은 의논하여야 하기 때문이다.

테리나와의 대화는 길게 이어질 수 없었다. 저녁 무렵이 되자 건너편 저택으로 가야 했이 때문이다.

러시아의 밤을 지배하는 알렉세이 이바노비치의 저택이다.

현수가 당도했다는 소식에 모든 일을 제쳐두고 귀가하는 중이라 했다. 아울러 올가와 나타샤 부부도 모인다.

이리냐와 동행한 현수는 화기애애한 분위기 속에서 만찬을 즐겼다.

올가와 나타샤 부부는 개발 사업을 진행하면서 현수의 위상을 확실하게 깨달았다.

지나 사람들의 느긋함은 만만디(慢慢的)라는 세 글자로 요약된다. 행동이 굼뜨거나 일의 진척이 느림을 이르는 말이다.

참고로 만(慢)은 '게으르다', '거만하다', '오만하다'라는 의미를 가진 글자이다.

아무튼 지나 사람들을 왜 만만디라 정의하느냐고 물으면 대륙 사람의 기질이라고 대답하곤 한다.

그런데 러시아는 지나보다도 훨씬 더 넓은 나라이다.

영토 면적 세계 1위로 약 1,709만 8,242㎢이다. 대한민국보다 170배 이상 넓은 국가이다.

지나는 세계 5위인데 약 959만 8,094㎢이다.

그래서 어떤 면에선 지나보다도 더 만만디하다.

러시아 관공서의 공무원 가운데 일부는 너무 느릿느릿하여 민원인들의 분통이 터질 지경이다. 민원인이 와도 전화 통화를 하느라 쳐다보지도 않는 경우가 많다.

자신의 개인적인 용무까지 다 끝나야 민원인이 제출한 서류를 접수한다. 그런데 그 일을 시작할 생각조차 없다.

언제든 제 마음이 내켜야 그때가 민원인의 요구가 받아들여지는 시각이다. 화가 나지만 방법이 없다. 한국도 그렇지만 대들어봤자 좋을 일이 하나도 없기 때문이다.

그런데 달랐다.

이실리프 자치령 개발 사업과 관련된 일 때문에 관공서를 찾아가면 그야말로 초특급으로 처리된다.

예전 같으면 미리 뇌물을 안 주면 일 처리를 미루었을 것이다. 그런데 관행적인 뇌물을 주려 해도 받지 않는다.

그걸 받으면 아주 개박살이 난다는 걸 알기 때문이다.

모스크바의 모든 관공서엔 푸틴의 명령이 하달되어 있다.

크렘린궁에서 직접 내려 보낸 이 서류엔 이실리프 자치령에 관계된 일은 무엇이든 우호적으로 협조할 것이며, 초특급으로 처리해 주라고 쓰여 있다.

이 과정에서 누구든 뇌물을 받거나 불편부당한 일을 저지르면 지위 고하를 막론하고 그 즉시 파면 조치되고 감옥에 갇히게 됨이 굵은 글씨로 명시되어 있다.

심지어 '적극 협조', '최대한 신속한 일 처리', '뇌물 요구', '불편부당한 일 발생' 이라는 구절은 굵은 글씨일 뿐만 아니라 붉은색으로 강조되어 있다.

이것으로도 부족하다 여겼는지 박스 안에 글씨가 들어가도록 해놓았고, 폰트의 크기도 다른 것보다 확연히 커서 안 보였다는 말을 할 수 없게 만들어놓았다.

한마디로 까불면 뒈진다는 뜻이다.

러시아에서 누가 있어 푸틴의 명령을 가볍게 여기겠는가!

공무원들은 서류가 접수되면 그 즉시 일을 시작하고, 혹시라도 실수할까 싶어 부족한 부분을 챙겨주기까지 한다.

유리와 안드레이는 전직 판사와 검사인지라 공무원 사회

가 어떤지를 잘 알고 있다. 하여 여의치 않을 경우 장인의 힘을 빌어서 쓸 생각을 품었다.

레드마피아로부터 협박을 받고도 뻗댈 인간은 없기 때문이다. 그런데 전혀 그럴 필요가 없었다.

올가의 남편 유리 파블류첸코와 나타샤의 남편 안드레이 자고예프는 개발 사업을 진행하는 중 새삼스레 깨달은 사실 하나가 있다.

향후 150년간 현수는 이실리프 자치령의 왕(王)이라는 것이다. 러시아의 국법이 미치지 못하는 지역이며, 완벽하게 치외법권이 보장되어 있다.

푸틴은 러시아의 정권이 바뀌더라도 자구(字句) 하나조차 못 바꾸도록 해놓았다.

막대한 양의 황금을 대가로 챙기는 일이기 때문이다.

또한 실업률을 획기적으로 낮출 수 있는 일이며, 상당히 많은 세수 확보가 되는 일이기 때문에 신경 써준 것이다.

어쨌거나 현재까지는 자치령을 다스릴 법이 없다. 따라서 현수의 말 한마디가 그대로 국법이 된다.

그런데 자신들은 이 왕국을 반분하여 통치하는 총독 내지는 내무대신의 위치에 서게 된다. 그야말로 일인지하, 만인지상의 서열을 갖게 되는 것이다.

게다가 현수는 장인의 후계자로 지목되었다.

특별한 일 없이 이바노비치가 은퇴하게 되면 50만 레드마피아의 수장이 된다. 현재로선 이럴 확률이 매우 높다.

현수로부터 발생되는 이익금이 어마어마하기 때문이다.

조직이 온 힘을 기울여 무기 밀매와 고리대금업, 그리고 온갖 이권에 개입하여 벌어들인 돈보다 쉐리엔 한 품목으로 발생되는 이득이 더 크다.

전혀 불법적이지도 않기에 일석이조인 셈이다.

이 밖에 듀 닥터와 스피드도 초히트 상품이다.

뿐만이 아니다. 지르코프 상사가 취급하는 항온의류 역시 어마어마한 이득금이 발생될 예정이다.

이것 모두 경쟁 상대가 아예 없거나 유사 상품조차 만들기 어려운 거의 완전한 독점 품목이다.

따라서 아주 오랫동안 조직이 막대한 부를 축적할 수 있도록 해줄 초특급 희귀 아이템이다.

이 모든 게 현수로부터 나왔으니 조직에서도 보스 자리를 승계하는 것에 대해 이의를 제기하지 못할 것이다.

게다가 국가로부터 완벽하게 법적 보호를 받는 자치령의 왕이니 죽으라면 죽는 시늉까지는 할 것이다.

머리가 좋은 이들이기에 한때 모든 게 완성된 후 자치령을 둘이 나눠 갖는 상상을 해보았다.

일인지하이니 현수만 자리를 비우면 되는 일이다. 하지만 포기했다. 굳이 그럴 이유가 없기 때문이다.

파악한 바에 의하면 현수의 성품은 전혀 포악하지 않다.

따라서 자신들이 그의 권력을 탐하지 않는 이상 자리를 보존해 줄 것이다.

하긴 대대손손 공작가 내지는 대공가 비슷한 위상을 갖게 될 텐데 뭐하러 위험을 자초하여 모든 것을 다 잃는 우를 범하겠는가!

그렇기에 유리 파블류첸코와 안드레이 지고예프는 현수가 손아래 동서이기는 하지만 상전으로 여기고 있다.

식사하는 동안 그간의 준비 상태가 언급되었다. 둘은 인맥을 활용하여 유능한 인재들을 모집하고 있다.

하나의 나라를 만드는 것이나 다름없기에 거의 모든 직종의 사람들을 뽑는다.

러시아 사람으로 국한된 건 아니다. 다른 유럽 국가 사람들도 포함되어 있다. 하지만 이들의 관심 밖 사람들도 있다.

첫째, 지나인, 일본인, 그리고 유태인이다. 이들은 아무리 뛰어난 능력을 가졌다 하더라도 뽑지 않는다. 가족 중에 이들이 포함되어 있으면 그 가족 전체가 배제된다.

둘째, 종교 광신자들도 뽑지 않는다. 기독교는 물론이고 이슬람교나 다른 종교도 망라되어 있다.

우선적으로 뽑는 사람은 러시아 · 우크라이나 · 벨라루스·몰도바·카자흐스탄·우즈베키스탄·투르크메니스탄·키르기스스탄 · 아르메니아·아제르바이잔·조지아(그루지야)에 흩어져 살고 있는 고려인들이다.

러시아 사람들은 '카레예츠' 라 부르지만 이들은 스스로를 고려사람(Koryo—saram)이라고 부른다.

고향을 잊지 않았고 뿌리를 잊지 않겠다는 뜻일 것이다.

이들은 스탈린에 의해 1937년 9월 9일부터 10월 말까지 중앙아시아로 강제 이주되었다. 짐짝처럼 화물열차에 실려 가다 중앙아시아의 황무지 곳곳에 내팽개쳐졌다.

당시 강제 이주된 고려인 수는 17만 5,000여 명이었는데, 이 중 1만 1,000여 명이 도중에 숨졌다.

얼마나 가혹했는지 충분히 상상이 된다.

2005년 통계청 자료에 의하면 러시아와 중앙아시아 각국에 흩어져 있는 고려인의 수는 53만 2,697명이다.

상당히 오랜 세월이 흘렀지만 여전히 우리 민족 고유의 전통과 예절을 지키며 살아가는 사람들이다. 하여 이들을 돕고 싶어 가장 먼저 선발하라고 한 것이다.

지나에 살고 있는 조선족은 경우가 약간 다르다. 뽑기는 뽑되 지나화된 사람들은 배제하라고 했다. 지나화된 조선족은 교포가 아니라 지나인이라는 판단 때문이다.

이렇듯 인적 자원을 모으는 한편 각종 건자재와 중장비 확보에도 나섰다.

필요한 양이 엄청나므로 아예 그런 걸 생산하는 기업을 사기도 했다. 하여 상당히 많은 기업이 이리냐의 명의로 되어 있다.

유리 파블류첸코와 안드레이 자고예프가 현수로부터 임무을 부여 받을 때 가장 먼저 해야 할 일은 측량이었다.

하여 이실리프 자치령엔 많은 측량기사가 파견되어 있다. 최단시간 내에 끝내야 할 일이기 때문이다.

지질 조사는 뒤로 미뤄진 상태이다. 현수에게 복안이 있기 때문이다.

전체 지도는 실라디온에게 명하여 해결할 생각이다.

아마 실제 지형을 그대로 재현해 낼 수 있을 만큼 정밀한 지도와 지형도가 만들어질 것이다.

인간이 측량한 결과는 이것에 맞추면 된다.

이것이 준비되면 노에디아로 하여금 지질 및 지하자원에 대한 정밀 조사를 지시한다.

자치령은 하나의 국가와 마찬가지이다.

따라서 철, 구리, 납, 아연, 우라늄 등의 금속광물과 석회석, 고령토, 형석 등의 비금속광물, 그리고 석탄, 석유, 천연가스 등의 에너지 자원 등이 어디에 얼마만큼 매장되어 있는지 확인할 필요가 있다.

이 밖에 니오브, 리튬, 탄탈, 루비듐, 베릴륨 같은 희유금속에 관한 것도 찾아보게 할 생각이다.

이 모든 것이 끝나야 개발을 시작할 수 있다.

가스전이나 유전 위에 대규모 공장을 설치할 수는 없고, 우라늄이 매장되어 있는데 지상에 시가지를 만들어선 안 되기 때문이다.

모든 조사를 마치면 가장 쉽게 채광할 수 있는 위치를 찾아내게 할 예정이다. 유전이나 가스전의 경우는 가장 쉽게, 가장 많이 뽑아낼 수 있는 곳을 찾는다.

물의 최상급 정령 엘리디아는 눈에 뜨이는 강 이외에 온천과 지하수에 대한 것을 확인하게 된다.

불의 최상급 정령 이그드리아는 지열발전이 가능한 곳을 파악토록 할 것이다. 러시아의 겨울은 아주 춥기 때문이다.

지각 아래엔 뜨거운 열기를 가진 마그마가 존재한다. 이것은 아주 유용하게 사용될 것이다.

전기를 만드는 데 사용할 뿐만 아니라 겨울철 난방에도 아주 좋다. 초기 개발에 드는 비용 이외엔 유지, 보수 비용만 들뿐이니 아주 좋다.

자치령은 전체가 사전에 계획된 바에 따라 개발될 예정이다. 따라서 도로를 개설할 때 마그마의 열기를 이용할 수 있도록 하면 한겨울에도 얼지 않을 것이다. 눈이 아무리 많이 와도 빙판이 되어 사고 나는 일은 빚어지지 않을 것이다.

지도 제작을 마친 실라디온에겐 또 다른 임무가 부여된다. 풍력발전에 가장 적합한 장소를 찾아내는 것이다.

10만㎢에 이르는 광활한 땅을 언제 다 돌아보고 최적의 장소를 물색하겠는가!

이런 일은 정령에게 맡기는 것이 가장 확실하다.

농땡이를 부리지도 않을 것이고 확실한 결과를 가져올 것이기 때문이다. 게다가 돈 달라는 소리도 하지 않는다.

지하자원을 확인하고 온 노에디아에게도 추가임무가 부여된다. 피곤을 모르는 존재이기에 미안해할 일은 아니다.

그에게 내려질 새로운 임무는 농지가 될 곳으로 양분을 이동시키는 것이다.

농사를 짓지 않는 곳으로 결정된 곳의 것들을 옮겨놓는다.

예를 들어 시가지가 형성될 곳, 공장지대가 될 곳, 또는 도로 예정지는 굳이 양분이 필요하지 않다.

그리고 농사를 지으려 땅을 조차 받았으니 당연한 일이다.

방금 언급된 것들을 누군가에게 용역을 준다면 얼마나 많은 대가를 지불해야 하겠는가! 게다가 이 일이 끝날 때까지 얼마나 많은 시간이 걸리겠는가!

정령들은 최단시간 내에 가장 확실한 결과를 아무런 비용 없이 해결할 것이니 일석삼조인 셈이다.

저녁 식사 후 현수는 자리를 옮겨 이바노비치와 지르코프를 따로 만났다.

또 다른 사업 이야기를 해야 하기 때문이다.

이바노비치는 쉐리엔과 슈피리어 듀 닥터, 그리고 스피드와 엘딕 등에 관한 이야기로 시작하였다. 현수는 얼마나 잘 팔리는지, 얼마나 인기를 끌고 있는지를 들으며 흐뭇해했다.

항온의류에 관한 이야기도 나왔다.

지르코프가 초도 물량으로 8천만 벌을 주문했다는 말에 이바노비치는 통 큰 친구라며 껄껄 웃는다.

"핫핫! 이 친구 이거 큰 인물이 될 거라 생각한 내 예상을 벗어나지 못하는군. 잘했네. 아주 잘했어!"

이비노보치는 많은 돈이 필요했을 텐데 왜 상의하지 않았느냐고 물었다. 어마어마한 액수를 선수금으로 보냈어야 함을 알기 때문이다.

지르코프가 말을 했다면 아마도 총력을 다해 지원해 주었을 것이다. 현수가 등장하기 전까지 지르코프는 심복이 아니라 후계자였기 때문이다.

"제 힘으로 커야 보스를 제대로 보필하지요."

"핫핫! 그런가? 아무튼 장하네. 쉽지 않았을 텐데……."

마피아 보스이지만 사업가이기도 하기에 무력을 동원하지 않고 일을 성사시키는 것이 결코 쉽지 않음을 잘 알고 있다.

말은 안 하지만 지르코프는 선수금을 만들어서 보내느라 애를 많이 썼을 것이다.

이바노비치는 쉐리엔의 수출 물량을 대폭 늘려달라는 요청을 했다. 유럽 각국으로부터 주문이 쇄도하여 몸살 날 지경이라며 엄살을 떤다.

슈피리어 듀 닥터 역시 가능한 많이 보내달라고 한다.

러시아 여인들 사이에 선풍적인 인기가 있으며 물량이 부족하자 사재기 현상까지 빚어졌다고 한다.

"그나저나 그냥 듀 닥터와 슈피리어 듀 닥터의 유럽 판매권도 우리에게 주면 안 되겠는가?"

이바노비치가 꺼낸 본론이다. 마음 같아선 스피드에 대한 판매권도 달라고 하고 싶지만 이건 러시아 내수조차 감당하지 못하는 상황인지라 말하지 않은 것이다.

"…알겠습니다. 제가 귀국하는 대로 이실리프 코스메틱 사람들과 협의한 후 결과를 알려드리겠습니다."

"가급적 좋은 결과가 있기를 바라네."

"네."

"그나저나 손자는 언제 안겨줄 셈인가?"

"네? 아, 네."

"우리 이리냐가 독수공방을 너무 오래한 것 같네. 안 그런가? 후후후!"

"네, 제가 좀 바빠서……."

"그건 그렇지. 아무튼 둘 사이에 아이가 태어나면 내가 이름을 지어줘도 괜찮겠나?"

"네?"

이리냐를 양녀로 맞이하였으니 외조부로서 충분히 할 수 있는 말이다. 하지만 아직 임신도 안 했기에 저도 모르게 반문한 것이다.

"사내아이라면 알렉산더라 해주게."

알렉산더와 알렉세이는 같은 어근에서 나온 말이다.

참고로 알렉산더는 마케도니아 국왕이었는데 그리스와 페르시아, 그리고 인도에 이르는 대제국을 건설한 바 있다.

그 결과 그리스 문화와 오리엔트 문화를 융합시킨 새로운 헬레니즘 문화가 이룩되었다.

이바노비치가 이 이름을 고른 이유는 자신의 이름과 유사한 때문이고, 현수의 뒤를 이어 이실리프 자치령의 국왕으로 살라는 의미이다. 그보다는 이름을 지어준 어른으로서 후견인 역할을 하겠다는 의미가 더욱 강하다.

"이름 좋네요. 저와 이리냐 사이에서 태어난 사내아이의 이름은 알렉산더 킴입니다. 한국에선 다른 이름으로 불리겠지만 이곳 러시아에선 그게 정식 이름이 될 겁니다."

"고맙네, 내 뜻을 받아줘서."

이바노비치가 환히 웃으며 한 말이다. 이제 현수와의 관계는 이리냐가 배제되더라도 돈독 그 이상이 된 때문이다.

"나는 알렉산더의 영세명을 골라도 되겠는가?"

지르코프가 진지한 표정으로 말한다.

참고로 러시아에선 전 국민의 75%가 러시아정교 신자이다. 이 밖에 상당수가 로마 가톨릭, 유대교, 개신교를 종교로 가졌다. 따라서 아이가 태어나면 영세를 받는 것이 지극히 당연한 일이기에 한 말이다.

"제 어머니의 종교가 가톨릭입니다. 미스터 지르코프가 골라주시면 좋아하실 겁니다."

"진짜 영세명을 내가 골라도 괜찮겠나?"

아직 잉태되지도 않은 아이의 이름이 결정되었고, 이번엔 영세명까지 확정되려는 모양이다.

현수는 환히 웃으며 고개를 끄덕였다.

"그럼요. 알렉산더도 좋아할 영세명을 골라주십시오."

지르코프는 자신의 뜻이 받아들여지자 환히 웃는다.

"…미카엘 어떤가? 대천사이지."

"미카엘이요? 좋은 이름입니다."

가톨릭에서 미카엘은 대천사의 자리에 있다. 칭호는 '신을 닮은 자' 이고, 역할은 '천사 군단의 최고 지휘관' 이다.

그리고 미카엘의 심벌은 '칼집에서 뽑아 든 검과 저울' 이다. 지력은 물론이고 용맹함까지 갖춘 천사계의 제1인자라고 보면 된다.

한국 가톨릭 신자들은 예비자가 영세명을 고를 때 신중하라고 충고한다. 자신이 고른 성인과 비슷한 인생을 살 수 있음을 경고하는 말이다.

예비자가 영세명을 고를 때엔 그 성인이 살던 삶을 한 발자국씩 따라 살겠다는 의미를 갖기 때문이다.

문제는 성인 대부분이 일찍 죽었거나 순교자라는 것이다.

그 성인의 삶을 그대로 따르게 된다면 본인 역시 일찍 세상을 하직할 수 있다. 그렇기에 우스갯소리 비슷하게 충고하는 것이다.

그런데 미카엘은 천사이다.

그것도 영원한 삶을 사는 천사들의 장(長)이며, 최고 지휘관이다. 아프지도 않고 불행한 삶을 살지도 않는다.

현수의 모친은 가톨릭 신자이다.

지금도 일요일이 되면 킨샤사 교외에 있는 성 니콜라스 성당에서 집전되는 미사에 참례한다.

전 과정이 프랑스어로 집전되지만 빠지지 않을 정도이다.

현수 본인도 학창 시절엔 주일 미사에 꾸준히 참석했다. 그렇기에 미카엘이라는 영세명이 마음에 들었다..

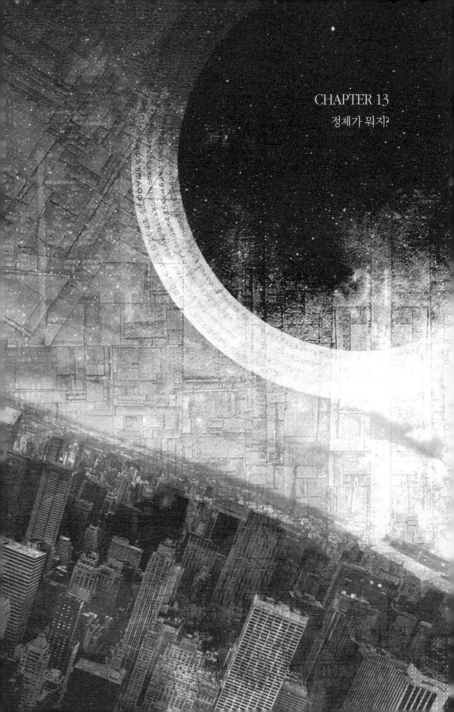

CHAPTER 13
정체가 뭐지?

"미카엘! 좋군요. 아이가 태어나 영세를 받게 되면 그 이름
을 권하겠습니다."

"영세 받을 때 내가 대부가 될 수 있었으면 좋겠네."

"물론입니다, 미스터 지르코프! 오히려 감사하죠."

지르고프가 대부가 되겠다는 의미는 이리냐와 현수의 아
들 알렉산더 킴의 후견인이 되겠다는 의미이다.

레드마피아 서열 1위와 3위가 뒤를 받쳐준다면 알렉산더
는 마음껏 제 뜻을 펼칠 수 있을 것이다.

이를 어찌 마다하겠는가! 이런 건 다다익선이다. 그렇기에

현수의 만면엔 미소가 어려 있다.

이처럼 화기애애한 순간, 크렘린궁의 대통령 집무실엔 너무도 놀라 입을 딱 벌린 사람들이 있다.

푸틴과 메드베데프, 그리고 페스코프와 여러 명의 내과, 외과, 안과, 산부인과 의사들이다.

긴급히 파견된 공군기를 타고 모스크바에 온 검은 까마귀 마을 주민들의 증언을 들은 때문이다.

이 중엔 현수에 의해 류머티즘 관절염을 앓던 할아버지와 담낭 결석으로 인한 담낭염으로 고통스러워하던 할아버지도 있다. 뿐만이 아니다.

난치병의 대표주자 중 하나인 베세트병을 앓던 아주머니도 있다.

이 아주머니는 양쪽 눈의 망막에 심각한 염증이 생겨 통증을 느끼고 있었고, 충혈, 눈부심, 시력 감퇴를 겪던 중이다.

병원에서 베세트병 진단을 받았으나 돈이 없어 더 이상의 치료를 받을 수 없었으니 실명될 확률이 매우 높았다.

하지만 현수의 침 두 방과 은밀히 시전된 리커버리 마법 덕에 멀쩡해졌다.

긴급히 모스크바로 초청된 이들의 입에서 나온 증언을 들을 때마다 의사들은 연신 'Невероятный Рассказ'과 'Невозможный'를 외쳤다. 전자는 '믿을 수 없는 이야기'라는 뜻이고, 후자는 '불가능한 일'이라는 말이다.

현수가 가장 많은 침을 놓은 환자는 폐기종 환자였다. 극심한 호흡 곤란 상태였는데 네 곳에 침을 맞고 멀쩡해졌다.

양방에선 폐기종을 만성폐쇄성 폐질환으로 규명하였고, 한번 발생하면 회복되지 않는 비가역적 질환으로 생각한다.

하여 치료의 목표는 더 이상의 병의 진행을 막고 추가적인 합병증이 발생하지 않도록 하는 것이다.

완치 불가능한 병이라는 뜻이다.

이 이야기를 들은 의사들은 즉각 청진을 실시했다. 환자는 긴장된 표정으로 심호흡을 한다.

숨 쉬기가 편해진 것은 분명하지만 완치 여부는 병원을 가보지 않아 알 수 없었기 때문이다.

한편, 청진기를 대고 있던 의사는 고개를 갸웃거린다.

"정말 폐기종 환자였습니까?"

"네, 여기……."

환자는 들고 있던 가방 속에서 꼬깃꼬깃한 종이 한 장을 꺼낸다. 폐기종 진단서이다.

"…이거 진짜입니까?"

"네, 이놈이 작년에 노보로시스크에 있는 큰 병원에 가서 받은 겁니다요."

"허어!"

진단서를 펼쳐 들고 있던 의사의 입에서 탄성이 터져 나온다. 도저히 믿을 수 없는 일이기 때문이다. 이 의사는 궁금해하는 다른 의사에게 진단서를 건네며 말한다.

"완전한 정상인의 폐야."

"뭐라고?"

"이 사람 폐는 완전 정상이라고."

"…세상에 맙소사! 어떻게 그래? 폐기종은 불치병이잖아!"

"그래, 원상회복이 안 되는 병인데 어떻게 정상인이 돼?"

"그럼 내가 오진했단 말인가? 자네가 청진해 보게. 이 사람은 완전한 정상인이야. 적어도 폐는."

의사들 간의 대화를 듣고 있던 푸틴과 메드베데프 또한 놀라긴 마찬가지이다.

별다른 약을 투입하거나 수술도 하지 않고 겨우 침 몇 방 맞았다고 한다. 그런데 현대의학에서 불치 판정을 내린 환자가 완치되었다는데 어찌 놀라지 않겠는가!

"도대체 김 회장의 정체는 뭐지?"

푸틴은 현수에 대한 뒷조사를 지시한 바 있다.

웬만한 국가보다도 많은 금을 보유하고 있으니 이상했던 것이다.

가난한 가정환경에서 성장했고 삼류대학 출신이다. 그러

다 어렵게 천지건설에 입사했다고 한다.

그곳에서도 초반엔 별 볼 일 없는 존재였다.

그런데 콩고민주공화국 지사로 발령받은 이후부터가 미스터리이다.

별다른 영업 행위를 하지 않았음에도 잉가댐과 수력발전소 공사를 수주했다.

그 후로도 계속해서 큰 공사들을 척척 따냈다. 그다음엔 엄청난 넓이의 조차지를 차례대로 얻어냈다.

확인한 바에 의하면 현수의 조부는 평안남도 용강군 대대면 출신으로 일제 때 독립군 전령이었다.

장사를 핑계로 개성과 진남포뿐만 아니라 만주를 오가며 독립군의 주요 문서를 운반하는 임무를 맡았던 것이다.

그러다 밀정의 밀고로 왜놈들에게 잡혔다.

그 후 현수의 조부는 일본군 해주지방 법원 송화지청에서 검사 겸 통역을 하던 이홍규에 의해 고문을 당했다.

어찌나 지독했는지 잔인하기로 이름난 왜놈 형사들조차 고개를 돌릴 정도였다고 한다.

참고로 이놈의 자식은 한때 유명한 법조인이었으며 정치인이었다.

친일파의 후손이고, 자식들 모두 군대에 보내지 않고도 정치인이 되었으니 참으로 후안무치하다.

아무튼 현수의 조부는 그 고문을 견디지 못해 운명하였다.

그날 이후 현수의 부친은 평생을 가난하게 살았고 모친 역시 그러하다.

그런데 어마어마한 금괴를 보유하고 있다.

밝히기 어려우니 출처를 묻지 말아달라는 이야긴 들었지만 납득하기 힘들다.

그 많은 금괴가 있으면서 평생을 남루하게 살았다는 것이 이해되지 않은 것이다.

어쨌거나 현수의 행적 중 베일에 싸인 기간은 병가를 내고 사라졌던 몇 달이다.

그 이후부터 승승장구하였으니 그때 뭔가 있었다고 짐작할 뿐이다.

침술도 그때 배웠다고 했다.

그 침술이 현재 모두를 놀라게 하는 중이다.

한국에 전통 침술이 전해진다는 건 알지만 난치병과 불치병을 단박에 완치시키는 수준은 아니다.

손상된 폐를 원상으로 회복시키는 것은 현대의학으로도 불가능하다.

그런데 이런 일이 벌어졌다고 한다.

이것이야말로 기적이다!

따라서 덕항산이 뭔가 의심스럽다. 하지만 남의 나라를 수색하라는 명을 내릴 수는 없는 노릇이다.

"김 회장의 정체는 대체 뭐지?"

거듭된 푸틴의 중얼거림에 메드베데프는 고개를 좌우로 흔든다.

"저도 모르겠습니다. 지금껏 들은 이야기가 사실이라면 지나 사람들이 신의라 일컫는 화타[25]나 편작[26]을 능가하는 의술을 가진 겁니다."

"화타나 편작?"

들어본 적이 있는지 푸틴은 고개를 갸웃거린다.

전설이 되어버린 이들을 능가하는 사람이 실존하고 있다는 것이 믿기지 않은 것이다.

이때 류머티즘 관절염을 앓던 할아버지가 이야기를 시작한다.

중증 환자들을 치료한 후 비교적 덜 위급한 환자들을 눈빛으로 치료했다는 이야기이다.

이 할아버지는 현수가 환자들을 바라보고 시선을 옮길 때마다 병이 나았다는 말을 하는데 다른 환자들 역시 크게 고개를 끄덕이며 저마다 한마디씩 털어놓는다.

---

25) 화타(華佗, 145~208) : 한말(漢末)의 전설적인 명의. '외과의 비조'로 통할 만큼 외과에 특히 뛰어났다. 외과뿐 아니라 내과, 부인과, 소아과, 침구 등 의료 전반에 두루 통하였고, 특히 치료법이 다양하면서도 처방이 간단한 것으로 유명하다.

26) 편작(扁鵲) : 기원전 6세기 경 전국시대 초기 제(齊)나라 명의. 성은 진(秦) 씨고 본명은 월인(越人)이다. 생존 연대는 명확하지 않다.

현수가 바라만 봤는데 썩어가던 다리가 멀쩡해졌고, 편두통으로 고생하던 이는 그때 이후 머리 아픈 걸 느끼지 못했다고 한다.

이 밖에 통풍(Gout)으로 엄지발가락을 절단하여야 한다던 환자 역시 말짱해졌다.

참고로 통풍이란 혈액 내에 요산[27]의 농도가 높아지면서 요산염 결정이 관절의 연골, 힘줄, 주위 조직에 침착되는 질병이다.

바람만 불어도 아프다 하여 이런 이름이 붙어 있다.

할아버지들의 증언이 이어지는 동안 의사들은 그 말이 진짜냐는 반문을 여러 차례 했고, 꼬치꼬치 캐묻기도 했다.

다른 가벼운 질병을 심각한 것으로 오인할 수도 있기 때문이다.

그때마다 합창하듯 현수의 시선이 미치는 순간 질병이 나았다는 이야기를 반복한다.

"세상에 맙소사! 이 말이 진짜면 성자야!"

의사들에게도 신의를 넘어 성자가 되는 순간이다.

"그러게. 근데 어떻게 그게 가능하지?"

"바보! 신의 아들이니 당연히 신성력으로 그리하겠지. 그나저나 못 고치는 병이 없으니……."

---

27) 요산 : 음식을 통해 섭취되는 퓨린(Purine)이라는 물질을 인체가 대사하고 남은 산물.

"세상에 알려지면 난리가 나겠네. 난치병 및 불치병 환자가 너무나 많으니."

"그러게. 그나저나 한 번만이라도 그분을 뵈었으면 좋겠네. 자넨 안 그런가? 내 환자 중엔 정말 딱한 사람이 많네. 성자를 만나면 다 낫지 않겠는가?"

의사들의 감탄사가 거듭되자 검은 까마귀 마을 사람들은 더 이상 시선을 주지 않았다.

이 순간은 자신들과 다름없는 인간이라 여긴 탓이다.

이때 푸틴이 메드베데프에게 시선을 준다.

"총리, 아무래도 김 회장에 대한 의전 및 경호를 최상급으로 강화하는 게 좋겠네."

"네, 저도 방금 그런 생각을 했습니다. 지금 당장 그리 조치하겠습니다."

메드베데프는 전화를 들어 현수에 대한 경호가 국가원수급으로 상향되었으니 즉각 시행하라는 명령을 내린다.

이제부터 현수는 러시아 대통령 경호실의 밀착 경호를 받을 뿐만 아니라 직계가족까지 경호 대상에 포함된다.

통화가 끝나자 푸틴이 다시 한 번 지시한다.

"그리고 말일세, 우리 수교국 전부에게 김 회장을 특임대사로 임명한다는 외교 문서를 보내게."

"네? 그럼 국제협력당당으로요?"

"그렇다네. 외교부에 연락해서 즉각 시행되도록 하게."

현수는 이미 러시아 국제협력담당 특임대사에 임명된 바 있다.

그 신임장[28]은 현재 남·북한 외교부에 각각 보관 중이다.

두 나라 모두 현수를 건드리지 말라는 의미이다.

그런데 이걸 러시아의 외교력이 미치는 모든 나라로 보내라는 뜻이다. 이제까지 전례가 없는 일이다.

푸틴의 이런 조치는 현수를 보호하기 위한 배려이다. 러시아는 누가 뭐라 해도 강대국이다.

러시아의 국제협력담당 특임대사를 해코지한다는 것은 러시아를 능멸하는 것과 다름없다. 따라서 아무도 현수를 건드릴 수 없게 만들려는 조치이다.

사실 국제협력이란 명칭은 허울일 뿐이다.

외교관 신분을 부여함으로써 현수로 하여금 각국의 법률로 다스릴 수 없는 치외법권을 갖게 하려는 것이다.

러시아, 특히 푸틴의 심기를 거스르면 어떤 일이 벌어질지는 이미 여러 번 보여주었다.

모스크바에서 인질 테러 사건이 벌어졌을 때는 무차별 독가스를 살포하여 200여 명을 죽였다.

베슬란 인질 테러 사건 때는 특수부대를 투입하여 무차별

28) 신임장(信任狀, Letter of credence) : 특명전권대사 등의 외교사절단의 장(이하 외교사절)으로서 파견하는 것을 정식으로 통지하기 위해 파견국의 원수가 접수국의 원수에게 보내는 외교 문서.

총격으로 300여 명이 사망했다.

살아남은 반군은 그 자리에서 총살되었다.

이라크에서 러시아 외교관을 납치하여 살해하자 즉시 대테러 특수부대를 투입하여 이라크 무장군 전부를 살해했다.

일본의 어부가 러시아 영해에서 불법 조업을 하자 그 자리에서 사살했다.

이에 일본 정부가 엄중 항의하자 일본은 그럴 자격이 없다고 일축했다.

일본이 북방 네 개 섬을 돌려달라고 했을 때 푸틴은 반응하지 않았다.

그럼에도 계속 심기를 거스르자 태평양함대 재편성 공격 훈련 및 모의 핵미사일 발사 실험을 실시토록 했다.

뿐만이 아니라 러시아 폭격기가 일본 열도 주위를 비행토록 하였다.

영국과 불협화음이 발생되었을 때에도 러시아 폭격기가 영국 상공을 비행한 바 있다.

미국이 러시아를 의식하여 폴란드에 MD(미사일 방어 체계) 라인을 설치하려고 하자 즉각 핵전쟁 불사 발언을 했다.

그 결과 폴란드 MD 라인은 없던 일이 되었다. 너무도 강경하였기에 미국조차 깨갱한 것이다.

이러니 누군가 러시아 국제협력담당 특임대사인 현수를

건드렸을 경우 어떤 일이 빚어지겠는가!

러시아에 끼치는 영향을 고려해 보았을 때 누군가의 테러로 현수의 일신에 문제가 발생되어 모든 것이 무산된다면 그 나라를 향해 핵폭탄이 날아갈 수도 있다.

한 사람 잘못 건드린 결과 수많은 국민을 잃을 수 있음을 의미한다.

그리고 2차대전 이전의 삶을 사는 후진국으로 주저앉을 수도 있다. 심하면 아예 나라 자체가 러시아에 흡수당할 수도 있다.

아무튼 메드베데프의 전화를 받은 대통령 경호실장은 요원들을 출동시키고 있다.

목적지는 현수의 모스크바 저택이다.

이제부터 이 저택은 크렘린궁에 버금갈 특급 경호를 받게 된다.

그런데 문제가 있다.

이 저택은 현재에도 그와 비슷한 수준의 경호를 받는 중이다. 레드마피아에서도 능력을 인정받은 특급단원들이 파견되어 있는 것이다.

현수가 없는 동안에도 이랬다. 현수와 이바노비치를 이어주는 든든한 끈이 홀이 저택의 외벽은 이중이다.

최근에 새로 쌓은 바깥 담장이 있어서이다. 벽과 벽 사이는 경호원들의 교통호[29)]로 사용되고 있고, 중간중간 외부 감시를 위한 초소도 지어져 있다.

이것은 러시아의 최신형 대전차무기인 RPG—32의 공격에도 견딜 수 있을 만큼 견고한 벽이며 초소이다.

참고로 RPG—32의 장갑관통력은 800㎜가 기본이다.

벽의 두께와 높이가 중세시대 성벽만큼 높고 든든하기에 외부로부터의 침입은 원천 봉쇄되어 있는 것과 다름없다.

레드마피아에게도 현수는 더없이 중요한 인물이기 때문에 취해진 조치이다.

대통령 경호실에서 파견된 특급요원들은 현장에 당도하여 당황하게 된다. 느닷없는 수화 때문이다.

"손들어! 움직이면 쏜다! 장미! 장미!"

"……?"

경호실 요원들이 레드마피아의 암구호를 알 리 없기에 머뭇거리는 동안 AK—12를 든 마피아 단원들이 에워싼다.

요원들의 숫자는 24명인데 둘러싼 인원은 50명이나 된다.

경호 차량이 접근하는 걸 보고 인근에서 경계근무 중이던 단원들까지 온 것이다.

참고로 AK—12는 AK—47의 최신형 모델로 러시아군의 신형 제식소총이다.

---

29) 교통호 : 참호와 참호 사이를 안전하게 다닐 수 있도록 판 호.

발사 속도는 자동인 경우 1분에 600발인데 마피아 단원들이 든 AK―12는 100발짜리 드럼탄창이 끼워져 있다.

일제 사격을 시작하면 10초 만에 모두 발사된다. 50명이 들고 있으니 10초 동안 5,000발의 총알이 발사된다.

그럴 경우 경호요원 전부 몰살당하게 된다. 아마 품속의 총을 꺼내기도 전에 벌집이 될 것이다.

하여 어리둥절하지 않을 수 없다.

상대가 든 총은 러시아 군에도 미지급된 곳이 많을 정도로 신형이다. 그런데 정체를 알 수 없는 집단이 이 총을 가지고 있다. 대체 누구인가 싶은 것이다.

"잠깐만요! 우리는 크렘린궁 경호실에서 나왔습니다. 푸틴 대통령 각하의 특명을 받아 이 저택을 경호하기 위해 파견되었는데 여러분은 누구십니까?"

"…대통령 경호실?"

레드마피아가 제일 무서워하는 인물이 푸틴이다.

진짜 독한 마음을 품고 소탕령을 내리면 아주 개박살이 날 수 있기 때문이다. 모르긴 해도 조직원의 90%가 사살, 또는 사형에 처해질 것이다. 그렇기에 상당히 놀란 음성이다.

"그렇습니다. 저는 대통령 경호실에서 파견된 피오드르 시오코프라 합니다. 팀장이지요. 나머지는 제 팀원입니다."

"…잠시만 기다리십시오."

누군가의 말을 끝으로 대치되어 있는 현장은 침묵 속에 잠겨들었다. 신분이 확인될 때까지는 아무도 움직일 수 없는 상황이 된 것이다. 하지만 시간은 그리 길지 못하였다.

5분 후 누군가의 음성이 침묵을 깬다.

"단원들, 거총 바로!"

처척, 처처처척—!

누군가의 명에 따라 AK—12의 총구가 일제히 내려간다.

"신분 확인되었습니다. 그런데 대화가 필요합니다. 피오드르 시오코프 팀장님은 저와 이야기 좀 합시다."

"…그러죠. 그런데 그쪽은 어느 조직에서 파견된 누구십니까? 혹시 군부 소속이십니까?"

들고 있던 손을 내리며 한 말이다.

"아닙니다. 나는 에브게니 셰니코프라 하며 레드마피아에 속해 있지요."

"레드마피아요?"

시오코프 팀장은 의외라는 표정을 짓는다.

이 저택에 머무는 인물에 대한 특급경호만 명령 받았을 뿐 현수에 대한 이야기를 듣지 못하였기에 레드마피아가 지키고 있는 것이 이해되지 않은 때문이다.

"모르는 게 있는 모양입니다. 일단 이쪽으로 오십시오."

어느 나라든 대통령 경호실에 근무하는 요원들은 본인이

최고라는 자부심을 가지고 있기에 다소 오만하다.

시오코프 팀장 역시 그러하지만 그런 티를 내지 않는다.

레드마피아의 정예요원 대부분이 스페츠나츠 소속이라는 걸 알기 때문이다. 러시아어의 Spetsialnoye nazranie에서 조합된 이 말은 '특별한 목적의 군대들'이라는 뜻이다.

대통령 경호실에도 전직 스페츠나츠가 있기에 어떤 존재인지 잘 알고 있다. 그렇기에 목에 힘을 주지 못한 것이다.

피오드르 시오코프 경호팀장과 레드마피아 중간 보스 예브게니 셰니코프는 대화를 나누며 수시로 자신들의 상관에게 전화를 걸었다. 자신들이 독단적으로 결정할 수 없는 여러 문제가 있기 때문이다.

자신들에게 하달된 경호 임무를 어느 한쪽이 양보해야 하는 상황이기에 그러했다. 하지만 별 마찰 없이 임무 분장이 되었다. 상부에서 흔쾌히 양보하라는 지시가 내려온 것이다.

같은 대상을 경호하게 되었기에 두 무리는 인사를 나눴다. 이때 저택 내부에서도 대화를 나누는 사람들이 있다.

현수와 이리냐이다.

그런데 평범한 대화가 아니다. 오랜만에 만났기에 둘의 대화는 침대에서 이루어지고 있었다.

"어머! 어떻게…… 어머! 어머머! 난 몰라……"

이리냐는 광풍폭우가 몰아치는 대양 한가운데에 떠 있는

범선이 되어 수없는 롤링[30]과 피칭[31]을 겪고 있다.

창문과 방문은 모두 닫혀 있음에도 커튼이 흔들린다.

대통령 경호팀과 레드마피아 경호팀의 대화가 끝나고도 한참 동안 이어진 이 대화는 새벽이 될 때까지 지속되었다.

"쿠울, 쿨―! 쿠울, 쿨―!"

모든 체력이 소진되어 곯아떨어진 이리냐의 코 고는 모습을 본 현수는 피식 웃는다. 오랫동안 독수공방시켰으니 각오하라고 한 때문이다.

커튼을 열고 밖을 보니 경호원들이 임무 교대를 하고 있다. 아직은 쌀쌀한 날씨일 것이라 항온의류를 준비해야겠다고 생각한다.

아래층에 내려가니 요리장 타날리야가 딸과 함께 야식을 먹고 막 일어서는 중이다. 커피 한 잔을 청해 마시며 이런저런 이야기를 한다.

저택에서 일하는 것이 너무나 좋다며 환히 웃는다. 집에는 언제 가느냐고 물었더니 일주일에 한 번이라고 한다.

타날리야의 딸 플로라는 올해 18세이다.

한국 나이로는 19세이니 한창 돌아다니고 싶을 텐데 저택에 묶여 있는 게 답답할 수도 있다.

본인도 한껏 치장하고 놀러 다니고 싶지만 이제 피기 시작

---

30) 롤링 : 항공기, 선박, 자동차 등 교통기관의 주행 중에 생기는 가로 흔들림.
31) 피칭 : 항공기, 선박, 자동차 등 교통기관의 주행 중에 생기는 세로 흔들림.

한 가계와 본인의 미래를 위해 꾹 참는다고 한다.

타날리야의 남편은 주정뱅이라 한다.

그래서 집에 가보면 개판이라 짜증이 나지만 그래도 남편
인데 어쩌겠느냐며 한숨을 쉰다. 저택과 집에서의 삶의 괴리
가 너무 큰 까닭에 가고 싶지 않을 때가 있다고 한다.

모스크바 필하모닉 교향악단의 단원으로서 바이올린을 연
주할 때는 술을 입에 대지 않았다고 한다.

그런데 알량한 권력 다툼에 휘말렸다가 주먹을 휘두르는
바람에 제명당했고, 이후 고주망태가 되어 산다고 한다.

"흐음! 모스크바 필하모닉이이 러시아의 대표적인 오케스
트라인데."

"아시네요. 거길 나온 후 남편은 음악교사가 되려고 했는
데 뜻대로 되지 않았어요. 남편 말에 의하면 자신을 내보낸
사람들이 수작을 부려 그렇대요. 아무튼 그때 이후 술을 마시
는데 정말 미치겠어요."

이 말 이외에도 타날리야는 많은 말을 했다. 그간 가슴에
품고 있던 모든 것을 하소연하듯 털어놓았다.

들어보니 그 일이 있을 때 남편 이외에도 여럿이 오케스트
라에서 밀려났다.

가장 친하게 지내던 바이올린 주자 한 명, 비올라 주자 한
명, 그리고 첼로 연주자 역시 한 명이 잘렸다.

남편은 이들과 여전히 교류를 나누지만 다들 어렵게 산다고 한다. 비올라 주자는 가게의 점원이 되어 빵을 팔고, 첼로 주자는 공사 현장에서 목수 보조로 살고 있단다.

바이올린 주자는 악기 수리점에서 간간이 일을 얻어 연명하는 중이란다. 같이 밀려난 다른 단원들 역시 가난한 삶을 영위할 것이라 한다.

타날리야는 남편을 생각하면 불쌍하기도 하고 얄밉기도 하단다. 제 건강을 돌보지 않고 술만 마시는 게 미운 거다.

'흐음! 바이올린 둘에 비올라와 첼로가 각기 하나면 현악 사중주인데…….'

안 들었으면 모르고 지나갈 일이지만 알게 된 이상 돕고 싶은 마음이 든다. 현수의 심성이 착해서 그렇다.

직접 고용할 수는 없다. 이 저택에서 수시로 파티가 열리는 게 아니기 때문이다.

"아, 그럼……."

현수의 뇌리를 번개처럼 스친 상념 하나가 있다. 그런데 독단적으로 결정할 일은 아니다.

비용을 지불할 사람이 따로 있기 때문이다.

현수의 생각은 이러하다.

모스크바의 인구는 1,200만 명이며, 면적은 서울시의 네 배가 넘는다. 현재 이 도시엔 항온의류 매장이 100여 곳이나 있다. 정확히는 104개소이다.

참고로 서울시는 25개 자치구로 이루어져 있으며, 522개 동(洞)이 존재한다. 이것을 기준으로 본다면 5개 동당 하나씩 존재하는 셈이다.

인구수로 계산해 보면 약 11만 5천 명당 점포 하나가 개설되어 있다.

선풍적인 인기를 끄는 아이템인지라 모든 점포가 북새통일 것이다.

시끄러우면 음성이 커지고, 그러다 보면 사소한 일로도 다투게 된다. 이때 현악사중주단의 연주가 시작되면 분위기도 좋아지고 매출도 오를 수 있을 것이다.

아름다운 클래식 선율은 삶에 지친 사람들의 감성을 자극하여 위무와 치유 효과를 보이기 때문이다.

북적거리는 점포의 웅성거림 사이로 부드러우면서도 듣기 좋은 스트링 콰르텟(String quartet)이 울려 퍼지면 보다 편안한 마음으로 쇼핑할 수 있게 될 것이다.

꼭 클래식만 고집할 필요는 없다.

영화 Sting의 OST인 The entertainer 같은 곡은 경쾌한 분위기를 만들어줄 것이고, 아스트로 피아졸라(Astor Piazzolla)의 리베르 탱고(Liber tango)는 절로 어깨가 들썩이게 한다.

크로스 오버가 낯설지 않으니 거부감은 덜할 것이고, 좋아하는 연주를 계속할 수 있으니 바라는 바일 것이다.

모스크바 필하모닉 오케스트라에 있을 때보다 명성은 떨어지지만 수입은 몇 배가 될 것이다.

현수는 빈 잔을 남겨놓고 2층으로 올랐다.

이리냐는 폭풍우 몰아치던 끝없는 항해가 힘에 겨웠는지 코까지 골며 자고 있다.

"드르렁, 드르르렁! 드르렁! 드르르렁! 퓨우우우!"

현수는 걷어찬 이불을 덮어주었다. 그리곤 아공간 속에 담겨 있는 의복을 꺼냈다. 이제는 익숙해진 마법사의 로브이다.

아르센 대륙을 다녀올 생각인 것이다.

이번에 가면 로니안 공작 일가를 테세린까지 데려다 줘야 한다. 그보다 먼저 다프네를 찾아야 한다. 어디서 어떤 고생을 하고 있을지 심히 걱정되기 때문이다.

라이세뮤리안도 만나봐야 한다. 그의 도움이 필요할 수도 있기 때문이다.

"다녀올게, 이리냐. 잘 자."

"음냐! 음냐, 음냐! 퓨우우우!"

몸을 뒤척이는 이리냐는 행복한 꿈을 꾸는 듯 웃는 얼굴이다. 사랑하는 남편이 곁에 있어서일 것이다.

"자, 가자. 트랜스퍼 디멘션!"

샤르르르릉—!

현수의 신형이 또 안개처럼 스러진다.

잠시 후, 침실엔 이리냐의 작게 코 고는 소리만 가득하다.

"퓨우우! 퓨우우우!"

『전능의 팔찌』 42권에 계속…

이 시대를 선도하는 이북 사이트

이젠북

www.ezenbook.co.kr

더욱 막강해진 라인업!
최강의 작가들이 보이는 최고의 재미.

이들의 "유료연재"가 시작됩니다!

김재한 『성운을 먹는 자』　　　태제 『태왕기 현왕전』
홍정훈 『월야환담 광월야』　　　전진검 『퍼팩트 로드』
이지환 『어린황후』　　　　　　방태산 『완벽한 인생』
좌백 『천마군림 2부』　　　　　왕후장상 『전혁』
김정률 『아나크레온』　　　　　설경구 『게임볼』

검색창에 **이젠북** 을 쳐보세요! ▼ Q

HERO 2300

FUSION FANTASTIC STORY

영웅2300

말리브 장편 소설

「도시의 주인」 말리브 작가의
특급 영웅이 온다!

『영웅2300』

돈 없는 찌질한 인생 이오열,
잠재 능력 테스트에서 높은 레벨을 받았지만

"젠장, 망했어! 되는 일이 하나도 없어!"

하필이면 최악의 망캐 연금술사가 될 줄이야!

그러나 포기란 없다.

**최악에서 최고가 되기 위한
오열의 이야기가 시작된다!**

Book Publishing CHUNGEORAM

유행이 아닌 자유추구 -
WWW.chungeoram.com

『궁귀검심』, 『장강삼협』의 작가 조돈형
그가 그려내는 새로운 이야기!

무림삼비(武林三秘)
천외천(天外天), 산외산(山外山), 루외루(樓外樓).

일외출(一外出), 군림천하(君臨天下)!
이외출(二外出), 난세천하(亂世天下)!
삼외출(三外出), 혈풍천하(血風天下)!

가문의 숙원을 위해, 가문을 지키기 위해
진유검, 무림의 새로운 질서를 세우다!

Book Publishing CHUNGEORAM

유행이 아닌 자유추구 ~
WWW.chungeoram.com

The Record of Dragon's Return

재중 귀환록

푸른 하늘 장편 소설

FUSION FANTASTIC STORY

『현중 귀환록』, 『바벨의 탑』의
푸른 하늘 신작!

이계를 평정한 위대한 영웅이 돌아왔다!

어느 날 갑자기 찾아온 부모님의 죽음.
그리고 여동생과의 생이별.
모든 것을 감당하기에 재중은 너무 어렸다.
삶에 지쳐 모든 것을 포기할 때, 이계에서 찾아온 유혹.

"여동생을 찾을 힘을 주겠어요.
…대신 나를 도와주세요."

자랑스러운 오빠가 되기 위해!
행복한 삶을 위해!

위대한 영웅의
평범한(?) 현대 적응이 시작된다!

Book Publishing CHUNGEORAM

유행이 아닌 자유추구 -
WWW. chungeoram.com

FANTASTIC ORIENTAL HEROES

등룡기

騰龍記

임영기 新무협 판타지 소설

『만능서생』, 『무정도』의 작가 임영기.
2014년 봄에 시작되는 그의 화끈한 한 방!

◦도무탄,
태원 최고의 갑부이자 쾌남.
그러나…
인생의 황금기에 맞은 연인의 배신!

'빌어먹을… 돈보다는 무력(武力)이 더 강하다……'

돈이 다가 아님을 깨닫고,
무(武)로 일어서길 다짐하다!

고금제일권 권혼(拳魂)과 악바리 근성,
천하제일부호와 무림최고수를 동시에 노리다!

Book Publishing CHUNGEORAM

유행이 아닌 자유추구
WWW.chungeoram.com

김현우 퓨전 판타지 소설

레드 크로니클
Red Chronicle

『드림워커』, 『컴플리트 메이지』의 작가
김현우가 색다르게 선보이는 자신작!

『레드 크로니클』

백 년의 세월 검을 들고 검의 오의에
다가선 남자 티엘 로운.

모든 것을 베는 그가 마지막으로
검을 휘둘렀을 때
그를 찾아온 것은 갈라진 시공간,
그리고… 자신의 젊은 시절이었다!

"하암, 귀찮군."

검의 오의를 안 남자가 대륙을 바꾼다!
티엘 로운의 대륙 질풍기!

Book Publishing CHUNGEORAM

유행이 아닌 자유추구 -
WWW.chungeoram.com

현대백수 장편 소설

FUSION FANTASTIC STORY

간웅

뇌성벽력이 치는 어느 날!
고려 황제의 강인번을 들고 있던
어린 병사가 낙뢰를 맞고 쓰러졌다.

하지만… 다시 눈을 뜬 이는
현대 대한민국에서 쓸쓸히 죽은
드라마 작가 지망생.

고려 무신 시대의 격변기 속에서 눈을 뜬 회생[回生].
살아남기 위해! 죽지 않기 위해!
그의 행보로 인해 고려는 서서히
변하기 시작하는데……

치세능신 난세간웅(治世能臣 亂世奸雄)!

격동의 무신 시대!
회생, 간웅의 길을 걷다!

Book Publishing CHUNGEORAM

유행이 아닌 자유추구 -
WWW.chungeoram.com

절정고수들이 하늘 높은 줄 모르고 질주하는 현 세상.
서른여덟 개의 세력이 서로를 견제하는 혼돈의 시대.

그 일촉즉발의 무림 속에
첫 발을 디딘 어린 소년.

"나는 네가 점창의 별이 되기를 원한다."

사부와의 약속을 지키고
난세로 빠져드는 천하를 구하기 위해
작은 손이 검을 들었다!

박선우 新무협 판타지 소설

풍운사일 FANTASTIC ORIENTAL HE

Book Publishing CHUNGEORAM

유행이 아닌 자유추구 -
WWW.chungeoram.com

내일을 향해 쏴라

김형석 장편 소설

FUSION FANTASTIC STORY

1만 시간의 법칙!
'성공은 1만 시간의 노력이 만든다' 는 뜻이다.

그러나…
사회복지학과 복학생 수.
전공 실습으로 나간 호스피스 병동에서
미지와 조우하다.

1만 시간의 법칙?
아니, 1분의 법칙!

전무후무한 능력이 수에게 강림하다!
맨주먹 하나로 시작한 수의
인생역전이 시작된다!

Book Publishing CHUNGEORAM

WWW.chungeoram.com

절대호위

문용신 新무협 판타지 소설

FANTASTIC ORIENTAL HEROES

한량 아버지를 뒷바라지하며
호시탐탐 가출을 꿈꾸던 궁외수.

어린 시절 이어진 인연은
그를 세상 밖으로 이끄는데…….

"내가 정혼녀 하나 못 지킬 것처럼 보여?"

글자조차 모르는 까막눈이지만,
하늘이 내린 재능과 악마의 심장은
전 무림이 그를 주목하게 한다.

"이 시간 이후 당신에겐 위협 따윈 없는 거요."

무림에 무서운 놈이 나타났다!

Book Publishing CHUNGEORAM

유행이 아닌 자유추구 -
WWW.chungeoram.com